Johan Jonsson

Efter skymningen

© Johan Jonsson 2023
Förlag: BoD – Books on Demand, Stockholm, Sverige
Tryck: BoD – Books on Demand, Norderstedt, Tyskland
ISBN: 978-91-7699-927-1

Kapitel 1

Klockan är 19.15 på kvällen. Det är onsdagen den 12 mars 2016. Snön ligger fortfarande tjock, och denna vinter har varit både kallare och mer snörik än på länge i Västervik. Frans Karlsson är ensam kvar i rummet bakom aulans scen på Västerviks Gymnasium, där han fram tills alldeles för en liten stund sedan övat på en teaterpjäs tillsammans med de åtta andra teaterintresserade eleverna från årskurs två och tre. De andra i gruppen har gått hem för att göra läxor, äta kvällsmat, spela innebandy träffa pojk- eller flickvänner och kanske titta lite på tv innan de gör sig i ordning för kvällen. Men Frans väljer att stanna kvar en liten stund till. Han har varken någon tjej att träffa eller läxor att göra. Det är han som är pjäsens manusförfattare och han behöver justera en del fraser som ett par av hans kamrater tränar på. Han lyfter blicken från manuspapprena och tittar ut genom det lilla fönstret bredvid honom. Utanför är det mörkt och stjärnklart och temperaturen sjunker snabbt. Den närmar sig minus 20-strecket och han gruvar sig för att lämna de varma lokalerna i skolan och stiga ut i det bittra vintermörkret. Ett par gatlyktor lyser upp den plogade cykelvägen som går längs skolans område i riktning ner mot centrum. Han ser två yngre tjejer som går längs cykelvägen. De ser ut att fnittra över något. Rummet som Frans befinner sig i är upplyst av ett flertal lysrör i taket. Även några få av lamporna i aulan är tända, men han kan se att det är ganska mörkt där ute. En u-formad soffa står längs den bakre väggen och i mitten på den står ett lågt bord i ek. Några planscher hänger längs en annan vägg med vackra naturbilder på. Bredvid bordet där Frans sitter står ett gammalt svart piano med hjul på. Övrig belysning i skolan är släkt och endast några skyltar med texten "Nödutgång" lyser på några ställen. Skolans dörrar låses automatiskt klockan 17, men alla elever kommer in i skolans huvudentré med sina passerkort. Så här dags på kvällen är det alldeles tyst i skolan, men för bara några timmar sedan var skolan full av liv och rörelse. Elever som skrattade, gymnastikskor som gnisslade mot golvet, skolklockan som ringde. Men inte så här dags. Nu är allt tyst. Frans Karlsson är 177 centimeter lång och är klent byggd. Han går på estetisk linje i årskurs 2 och är en ganska vanlig kille. Till sättet är han lugn och blyg, särskilt mot tjejer och han uppfattas av de allra flesta som en trevlig grabb, både bland lärare och skolkamrater. Han har alltid haft lätt för sig i skolan vilket också avspeglas på betygen. Sitt mindre fördelaktiga utseende gör honom inte särskilt attraktiv bland tjejerna och någon flickvän har han aldrig haft. Men han är hemligt kär i en tjej i teatergruppen och det har han varit så länge han kan minnas. De har gått i samma skola sedan första klass och hon har alltid varit hans favorit. Ingen annan har någonsin kommit i närheten av hennes kvalitet. Övertygad om att han aldrig skulle ha en minsta chans till att bli tillsammans med henne, har det aldrig blivit av att han gjort slag i saken och berättat för henne om hur han känner. Det är ingen idé, det vet han, men han är nöjd om han bara får vara i närheten av henne så mycket som möjligt och det är därför han anslöt sig till teatergruppen där hon var med. Frans gillar syntmusik och de stora idolerna är det belgiska syntbandet Front 242, som han har flera planscher på hemma i sitt rum. Depeche Mode duger också, likaså Pet Shop Boys. Ofta får han höra pikar om att han gillar ett så pass gammalt och förlegat syntband som Front 242, men de pikarna tar han med ro. Han kan å andra sidan inte förstå hur man kan lyssna på all modern skit som spelas på Rix FM.

Han kliar sig i håret och svär tyst för sig själv. Pjäsen ska bli så bra som möjligt så replikerna måste stämma till hundra procent, tänker han. Men under repet ikväll stämde det inte. Det var någonting som inte flöt i konversationen mellan två av huvudpersonerna och det är detta han just nu sitter och försöker rätta till. Han känner att även han snart måste gå hem och äta lite och han vill gärna se det senaste avsnittet av The Walking Dead ikväll på Netflix. Men han måste bara göra några justeringar till, sedan får det vara bra. Han ser upp från manuset och tittar rakt ut genom dörren som leder ut till scenen på aulan medan han drar en djup suck. Det är ganska mörkt där ute och han kan bara ana de främre bänkraderna i den dämpade belysningen. Plötsligt hör han ett ljud som kommer någonstans utifrån aulan. Det låter som en dörr som knarrar. Frans tänker att det förmodligen bara är någon väktare som går sin kvällsrunda. Men de brukar inte gå sin runda så här tidigt på kvällen, men det är inget som Frans tänker på just då. Han är mer bekymrad över dialogen mellan "Roy" och "Susanna", som han inte får till att stämma. Han försöker få rollerna att gräla med varandra men lyckas inte få till det så som han vill. Tanken är att pjäsen ska spelas upp senare i vår och då måste allt klaffa. Det kurrar i hans mage och bananen han åt för en timme sedan mättade dåligt. Efter en stor gäsp bestämmer han sig till slut för att packa ihop sina saker och traska hemåt. På stolen bakom honom hänger täckjackan som han tar på sig, samt den svarta halsduken med Front 242-logga på. Hemma vet han att hans mamma strax kommer att börja breda några smörgåsar och koka varm choklad som de ska ha framför The Walking Dead, för hon är minst lika fast i serien som han själv och lillasystern är. På torsdagskvällarna är det alltid samma sak klockan nio – mackor och varm choklad framför tv:n med The Walking Dead. Det går inte att ändra på. Han fixar till några rader till så att det ser bättre ut i manuset och hoppas att de som ska framföra rollerna ska bli nöjda.

Innan han går ut och släcker lamporna och lämnar rummet, tar han upp sin iPhone och sms:ar sin mamma att han strax börjar gå hemåt. När han har fått på sig både jackan och mössan, släcker han lyset och lämnar rummet och stänger dörren. Utgången är en bit bort. Först måste han passera ena sidan av aulans sidogångar och sedan ut i korridoren och förbi stora kapprummet. Där ligger utgången på vänster sida. Medan han går längs stolsraderna i aulan funderar han på vad som kommer att hända i kvällens avsnitt, men han förmodar att huvudpersonen, Rick, kommer att ta sig loss från fångenskapen.

Frans hinner passera halvvägs genom aulans vänstra sida innan han för ett ögonblick hinner uppfatta någonting mörkt i ögonvrån, sedan blir allting svart. En person som har gömt sig mellan ett par bänkrader reser sig upp strax efter att Frans passerar förbi och slår till honom i bakhuvudet med en snöskyffel. Personen har suttit gömd på en av skolans toaletter utanför aulan de senaste två timmarna. Tills alldeles för en liten stund sedan gick han ut från toaletten och smög sig in i aulan och gömde sig när han hörde att de andra eleverna gick hem. Frans stupar i backen omedelbart men får ta emot ytterligare tre hårda smällar från snöskyffeln. Efter varje träff mot Frans huvud hörs en dov klang från snöskyffelns blad. Efter det tredje slaget rinner det blod ur både öronen och ur munnen på honom. Personen som har slagit Frans lägger därefter ifrån sig skyffeln försiktigt på golvet och måttar in flera hårda sparkar mot huvudet och mot nacken på Frans. Efter den tredje sparken slutar hans hjärta att slå, men han hinner bli sparkad ytterligare ett tjugotal gånger innan mördaren slutar. Tre av Frans nackkotor är av och halsen har böjt sig på ett onormalt sätt. Trots att hjärtat inte slår längre, sprattlar hans ben till några gånger för att sedan ligga helt stilla på golvet. Frans är död. Mördaren står bredvid kroppen och andas häftigt. Hans puls är snabb och han känner en eufori och tillfredsställelse som han aldrig kunde ha anat att han skulle känna av att döda en annan människa. Han knäcker med fingrarna så att det knäpper till i lederna. En ful ovana han har haft så länge han kan minnas och det gör han omedvetet varje gång han blir nervös, spänd eller upphetsad. Han börjar alltid med höger hand och med pekfingret och fortsätter med resten av fingrarna, går sedan över till vänster hand och upprepar samma procedur. Detta var första gången han hade ihjäl någon. Men han var tvungen. Det känns förvånansvärt bra tycker han. Han är nöjd och inte det minsta ångerfull över vad han har gjort. Mer än nöjd. Han ser på det uppsvällda och kraftigt deformerade huvudet och den alltmer tilltagande blodpölen som sipprar fram under huvudet på Frans. Han ler och känner hur pulsen sakta men säkert sjunker. Plötsligt piper det till i Frans mobil. Mördaren tar försiktigt upp mobilen och läser vad det står. **"Vad bra att du är på väg hem. Vi ses strax, gubben! Kram, mamma."** Mördaren lägger försiktigt mobilen på en bänk som står längs gången i aulan, därefter tar han tag i Frans ben och drar upp honom på aulans scengolv och lägger honom mitt på scenen. Sedan sätter han sig på huk bredvid Frans förstörda huvud som vid det här laget är både svullet på vissa ställen och intryckt på andra. Det är så pass fullt av blod att det knappt går att känna igen.

Med lugna rörelser tar mördaren fram sin mobil, kopplar in sitt headset och letar fram en av sina favoritlåtar. Han startar, höjer volymen på hög nivå och tar ett djupt andetag. Tonerna till "Adagio in G minor" strömmar ut genom hörlurarna och mördarens puls sjunker ner till strax över sextio. Han infinner sig nu i ett lugnt och behagligt tillstånd där allt känns perfekt. Återigen ler han och han fnissar till nöjsamt. Innan han lämnar skolan tar han och slutför det han hade tänkt göra med Frans.

Kapitel 2

Isen ligger tjock nere i hamnen i Västervik. Mellan fastlandet och Piperskärr sitter gubbar på pinnstolar och pimplar. Överallt ligger höga snövallar och under vinterns gång har vägarna blivit smalare och smalare på grund av all snö som har skottats upp i stora vallar. Unga som gamla ses promenera längs cykelbanan som vetter längs båtbryggorna strax norr om centrum och borta vid Vituddens marina är det mesta öde. Om bara ett par månader kommer de första båtägarna börja putsa på sina båtar inför den kommande båtsäsongen, men än så länge är det öde där. Någon gång ibland kommer det någon orolig båtägare till Vitudden för att kolla till att presenningen inte har blåst av. Västervik är liksom de flesta andra städer riktigt tråkig på vinterhalvåret och allt i staden verkar liksom gå i dvala. Inget liv och rörelse på alla de restauranger som ligger nere vid hamnen, ingen som säljer glass, inga turister som åker till staden bara för att äta en trevlig lunch och insupa den lilla mysiga stadens trevliga atmosfär och kanske besöka dess mysiga små affärer. Men om man gräver lite på ytan, om man börjar se lite närmare på saker och ting så ser man snart att är inte så lugnt och oskyldigt som det först verkar. Inte ens i lilla Västervik. Särskilt inte denna vinter i den gemytliga lilla kuststaden, för även i små och gemytliga städer kan otäcka saker hända.

I köket sitter Maria "Mia" Lennersjö och slurpar i sig det sista av jordgubbsyoghurten. Med benen i kors sitter hon på sin vanliga plats i köket vid det runda bordet. Familjen Lennersjö bor på Sjöviksvägen 3. Förutom Mia bor här hennes tvillingbror Robin, lillasyster Lisa som är elva år samt föräldrarna Ritva och Conny. Huset är en klassisk 1–1/2 plansvilla med källare från 1982. Här har de bott sedan 1995. Tidigare bodde de i en lägenhet lite närmare stan, men det är inget som tvillingarna har något minne av. Som de flesta andra av husen på denna gata är det ett trähus. Deras är gult med vita knutar. Denna morgon har det blivit en snabb sminkning och håret är slarvigt uppsatt i hög tofs, eftersom hon snoozade alldeles för länge. Hon tittar på väggklockan som sitter bakom henne. 07.56.

Fan, dags att sticka, tänker hon.

– Ska du med, eller? ropar hon till Robin medan hon gräver i fickan efter nyckelknippan. Robin tittar ut från toan med tandborsten i munnen.

– En minut bara, muttrade han med hela munnen full av tandkrämslödder. Snabbt sköljer han ur munnen, spottar och rättar till luggen på sitt blonda, kortklippta hår en sista gång och ler nöjt. Tvillingarna brukar oftast vara klara samtidigt på morgnarna och det är sällan de åker hemifrån till skolan var och en för sig. Båda föräldrarna, Ritva och Conny, har redan åkt till sina respektive jobb och Lisa har redan cyklat till skolan.

– Om mitt cykellås krånglar i dag igen får du skjutsa mig på din pakethållare, säger Mia medan hon drar upp dragkedjan på sin vita dunjacka.

– Varför låser du ens skiten? Det är väl ingen som vill ha din gamla Monark? Det är inte Stockholm vi bor i, säger Robin och flinar.

– Käften och kom nu, säger Mia och öppnar ytterdörren.

– Eller ställ in cykeln i garaget nu när det är så kallt? fortsätter han.

– Jag glömde det i går, säger Mia och svär för sig själv när hon känner hur den sjugradiga kylan slår emot henne. Hon försöker trycka in nyckeln i cykellåset, men får bara in den till hälften.

Typiskt. Inte nu igen!

I samma stund kommer Robin fram med en liten flaska med låsspray och sprutar in i nyckelhålet.

– Så där! Försök nu med nyckeln. Hon juckar fram och tillbaka några gånger med nyckeln innan hon får in den helt.

– Det gick! Tackar. Robin tar ut in cykeln från garaget, där Conny har ställt elementet på några plusgrader. De cyklar i väg tillsammans bort mot gymnasiet, där matte står på schemat för Robin medan Mia har engelska som första ämne på morgonen. Dagen ser ut att bli gråmulen och det har inte blivit riktigt ljust ute ännu.

När de närmar sig ser Robin att någonting inte är som det ska borta vid gymnasiet. Någonting har hänt. De kan se på långt håll hur blåljus blinkar, men ännu ser de inte om det rör sig om ambulans eller polis.

– Det verkar ha hänt något, säger Mia.

– Så här tidigt på morgonen? Verkar skumt. Det måste vara någon som har halkat med sin cykel eller nåt. Eller är det en trafikolycka tror du? Det är ju inte sandat på den här jäkla cykelvägen. Någon kanske har cyklat omkull och brutit benet. Hoppas det är vår lärare så vi får håltimme, säger Robin. Mia vänder sig irriterat mot honom.

– Säg inte så! Tänk om det verkligen är Ove som har ramlat. Han är faktiskt gammal.

De cyklar fram till den stora cykelparkeringen. Fullt av elever står runtomkring polisbilarna och tittar. Där står redan Robins bästa kompis, Lars "Lalla" Larsson, som just har låst sin cykel.

– Tja! Vad är det som händer, mannen? frågar Robin.

– Tjenare. Vet inte, jag kom nyss. Jag trodde först det var en halkolycka av något slag, men det är för fan en ambulans plus två polisbilar här. Sedan när åker det ut polisbilar till folk som har halkat? flinar Lalla.

– Ingen verkar få gå in, säger Mia och pekar bort mot dörrarna i till skolan. En kvinnlig polis håller på med avspärrningstejp omkring huvudentrén. De båda ambulansförarna står och pratar med en av polismännen. De andra poliserna syns inte till och Mia förmodar att de är inne i skolbyggnaden. Allt fler elever anländer till skolområdet och alla pratar oroligt med varandra och undrar vad som kan ha hänt. Klockan är 08.21 och rektorn kommer ut från huvudentrén tillsammans med två poliser. Den ena polisen överlämnar en megafon till rektorn Thomas Johansson. Det är inte mörkt ute längre, och eleverna tystnar när de ser att rektorn är på väg att tala. Kylan gör att hans andetag bildar små rökmoln framför honom. Han ser ut att andas snabbt. Han tittar ner i backen, som för att samla sig för ett ögonblick, sedan tittar han upp och lyfter upp mikrofonen.

– Lystring allesammans! Nu på morgonen upptäcktes det att någonting fruktansvärt har hänt inne på vår skola. En av era kamrater har hittats avliden på skolområdet. Därför kommer skolan att hållas stängd idag så att polisen kan få sköta sitt jobb ostört. Mera om vad som har hänt kommer förhoppningsvis under morgondagen. Era respektive klassföreståndare kommer att bli informerade så fort polisen släpper mer information och de kommer att delge er den informationen, men detta får ni alltså veta i morgon. Det var allt tills vidare. Rektorn lämnar över megafonen till en polis och ser väldigt sammanbiten ut.

Ett sus går genom eleverna. Någon ropar ut högt en fråga om vem det rör sig om, men får inget svar. Rektorn har redan gått tillbaka in i skolan tillsammans med en av poliserna. Två ambulansmän följer strax efter med en bår. Mia följer händelsen med stora ögon, och utan att tänka på det, trycker hon sig tätt intill sin bror. Lalla står bredvid med gapande mun och ser konfunderad ut.

– Jädrar vad skumt, alltså! Alltså, det är ju sjukt att någon vi kanske känner har dött, men kan ni fatta varför det är TVÅ polisbilar, förutom ambulansen? Jag vet inte vad ni säger, men jag tippar på att personen som är död, inte bara har halkat och slagit i huvudet olyckligt. Jag ger mig fan på att någon har haft ihjäl honom, säger Lalla och hissar in snor i näsan. Robin ser fundersam ut.

– Ja, lite skumt är det faktiskt. Särskilt eftersom de spärrar av skolan. Undra vem fan det kan vara…Vem tror du, Mia?

– Men hallå? Ska jag gissa, tycker du? Det finns ju några att välja på. Det kanske är nån gammal lärare som har fått hjärtattack?

– Nä det är det inte. Du hörde väl vad rektorn sa, att det var en elev. Det är inte Jocke, Bulan eller Therese i alla fall, för de står där borta, säger Robin och pekar bort mot ett gäng andraringare.

– Och där borta står Cissi och de andra tjejerna, säger Mia. Hon håller fortfarande tag om Robin runt hans arm.

– Tycker ni att vi ska stå kvar här och se om vi ser vem de bär ut om en stund? frågar hon de andra grabbarna.

– Det vore väl visserligen kanske lite spännande, men jag tror inte vi får reda på vem det är, för när ambulansen väl kommer ut med personen så lär personen ligga i en svart liksäck, säger Robin sammanbitet.

Sextiofem minuter tidigare denna morgon kom skolans vaktmästare till jobbet. Han heter Börje Konradsson och är sextiotvå år och har jobbat på samma skola de senaste tjugotvå åren. Denna morgon anländer han precis som vanligt till sin arbetsplats klockan 07.25. Han går in genom en dörr på skolans baksida bredvid skolbespisningens ingång. Där larmar han av skolans larm genom att dra sitt kort och slår sin kod. Därefter går han bort till sin skrubb, hänger av sig ytterkläderna på sin krok och sätter på kaffepannan. Under tiden den brygger klart Börjes kaffe, går han bort till den lilla entrén bredvid aulan. Han misstänker att den snöskyffel som ska stå utanför Börjes ingång står där. Han muttrar för sig själv något om att folk borde kunna ställa tillbaka saker och ting efter sig när man har lånat något. När han kommer fram till den andra ingången ser han att skyffeln inte finns där heller. Han tänker att den kanske finns vid den lilla ingången inne vid aulans ena långsida. Ännu en gång muttrar han någonting lågmält om att han inte vill behöva gå en massa innan första morgonkaffet. Han går vidare bort längs korridoren och öppnar dörren till aulan. Lamporna där inne är släckta men ljuset som kommer ifrån fönstren längs långsidorna på aulan släpper in tillräckligt mycket sken för att han ska uppfatta en stor mörk fläck mitt på golvet ett tjugotal meter framför honom. Genast går surheten över till nyfikenhet och han går närmare fram för att ta reda på vad det är. Till hans förskräckelse förstår han snabbt att den mörka fläcken på golvet är blod.

Men vad fan är det här? Det verkar som det här är en blodfläck.
Vad kan ha hänt? Bäst att tända upp så man ser ordentligt…

Precis bredvid honom sitter lysknappen till ena raden av aulans belysning. Med skakiga händer trycker han på den och med ens flimrar det till i lysrören ovanför honom. Det tar några sekunder för hans ögon att vänja sig vid ljuset men när han tittar upp och ut över det stora scengolvet tiotalet meter framför honom, blir hela hans kropp som förstenad för ett ögonblick. Han tar sig för munnen och flämtar. Kort därefter försöker han hindra sina kräkreflexer så gott det går, men till slut kan han inte hålla emot och kaskadspyr rakt ut. Framme på scenen ser han hur en person sitter fastbunden på en stol med sönderslaget ansikte. Han kan omöjligt se vem personen är, inte ens om det är en kille eller en tjej. Anledningen till detta är dels att huvudet är kraftigt deformerat och fullt av blod, dels för att personens ögon saknas. Börje torkar sig om munnen när han har spytt klart och tar därefter med darriga händer upp sin trådlösa telefon och ringer 112. Innan larmcentralen hinner svara, tittar Börje upp som hastigast på liket igen och innan han åter vänder bort ansiktet i avsky hinner han se hur Frans underkäke helt saknas.

Kapitel 3

Lalla, som egentligen bor åt andra hållet, följer med Robin och Mia hem. På vägen hem diskuterar Robin och Lalla ivrigt om vad som kan ha hänt, medan Mia ringer med sin iPhone till sin mammas jobb och berättar vad som har hänt. Snön knarrar under fötterna. Mia fryser om händerna, särskilt den som hon höll mobilen med nyss när hon pratade med sin mamma. Hon tycker att hela situationen är väldigt obehaglig, och tankarna far runt i huvudet på henne.

Herregud, någon har dött i vår skola! Kanske det till och med är ett mord. Ett riktigt mord! Det känns som om man nyss var med i en skräckfilm, så overkligt på nåt sätt…alla dessa blåljus och poliser. Inte ens i lilla Västervik verkar man gå säker. Om det nu är frågan om mord, förstås. Kanske bara någon som har fått en hjärtattack. Fast skulle polisen verkligen åka ut på ett dödsfall som orsakats av hjärtattack? Nä, det rör sig nog tyvärr om ett mord. Usch. Varken jag eller Robin ska nog gå själva hem från skolan hädanefter. Kanske mordet var någon slags hämndaktion? Kanske var det knark inblandat? Fast det finns väl ingen som håller på med droger på vår skola? Fast det är nog mycket man inte känner till…

De går över järnvägsspåret och fortsätter längs Fridsborgsgatan i riktning mot Sjöviksvägen där syskonen

Lennersjö bor. Lalla blir erbjuden kaffe av Robin, vilket han tackar ja till. När de kommer hem går Robin direkt fram till tv:n och startar den. Han ändrar till kanalen som sänder lokala nyheter för att se om de säger någonting om det som hänt i skolan, men det verkar inte så. Mia sätter på fyra koppar kaffe i bryggaren och letar i skåpet efter en påse med Ritvas bullar, men hittar inga. Hon öppnar frysen och tar fram en ny påse och stoppar i den i mikron och startar den. Lalla sitter vid köksbordet och stirrar ner på underlägget som ligger där. Han funderar. Robin kommer och sätter sig bredvid utan att säga ett ord. Stämningen är tryckt. Från att vara uppspelta, chockade och förskräckta är de nu i en grubblande fas. Dagen som började precis som de flesta andra skoldagar hade plötsligt fått en helt annan vändning. I stället för att vid den här tiden sitta och gäspa på någon tråkig lektion, sitter de nu tysta hemma hos Mia och Robin och väntar på att kaffet som håller på att bryggas, snart ska värma deras frusna kroppar. Mikron plingar till och Mia lägger fram bullpåsen på bordet medan Robin häller upp kaffe i tre muggar. Till slut börjar Robin att prata.

– När fan kan mordet ha skett egentligen? Det borde väl inte ha varit nu i morse i alla fall? Jag menar, vi var ju där typ vid åttatiden och då var polis och ambulans redan på plats och de höll på att spärra av området för fullt. Det innebär ju att larmet till polisen måste ha inträffat minst en halvtimme innan vi var där. Minst. Eller vad tror ni?

– Ingen elev är väl i skolan innan halv åtta? undrar Mia och tar en bulle.

– Nä, knappast. Och tidigast kan väl mordet ha skett typ vid halv fyratiden igår eftermiddag. För inte kan väl mordet ha skett när det var fullt av elever på skolan, påpekar Robin.

– Får man ta? frågar Lalla och nickar på bullpåsen.

– Förlåt, visst! Bara hugg in, säger Mia. Robin rycker till och tittar omväxlande på de andra.

– Fattar ni vad detta innebär? Vilka elever kan ha varit i skolan efter skoltid? Jo din grupp, Mia! Ni teaterfjantar var ju där igår ju! Det måste ha varit någon ur er grupp! utbrister Robin och spiller ut lite av kaffet på bordet.

– Men herregud! Fast nä, förresten. Vi gick ju hem allihop, jag tror det var vid sex- halv sjutiden. Det måste vara någon annan. Kanske någon lärare som satt kvar och rättade prov? Mia ser frågande på de andra medan hon tar en slurk av det varma kaffet.

– Ja, det är mycket möjligt. Det kan ju absolut vara en lärare. Eller någon som kommer tillbaka sent på kvällen för att hämta någon glömd läxbok eller något, säger Lalla och kliar sig i håret.

– Åh nej! Shit! säger Mia och släpper bullen köksbordet.

– Vad är det? Har du kommit på vem det kan vara? undrar Robin och sätter ner kaffekoppen på bordet.

– Frans stannade ju kvar när vi andra gick hem. Han skulle göra några justeringar i manuset. Fan, det måste vara han! Åh nej, stackars Frans, om det nu är han! utbrister Mia och tar sig för munnen medan ögonen tåras. Lalla tar fram sin mobil och går in på Aftonbladets hemsida.

– Jävlar, hörni! Det står redan om mordet på Aftonbladet! "Död kropp hittad på skola i Västervik" läser han. "Polisen är ännu mycket förtegen om händelsen". "Vi vill ännu inte spekulera i om det rör sig om mord, säger polischef Jan Ytterström i Västervik", fortsätter Lalla.

– Jag kan bara inte begripa varför någon skulle vilja mörda Frans. Han var ju hur snäll som helst, han gjorde aldrig något elakt, säger Mia och sippar på kaffet.

– Nä, jag kan inte heller förstå det. Men om det nu är så att han har blivit mördad så måste det finnas en anledning som vi inte känner till, säger Lalla sammanbitet. Mia får ont i magen av tanken att hennes kompis Frans kanske har blivit mördad.

Vad i hela friden har du gjort Frans, som får någon att vilja mörda dig? Inte höll väl du på med knark? Inte fasen var du en som langar heller?

Lalla reser sig och tackar för kaffet.

– Nähä, jag ska ta och dra mig hemåt. Ska nog sova en stund till. Så jäkla trött idag. Dessutom har jag träningsvärk sedan igår, har du det med? säger han och sneglar på Robin.

– Nja, bara lite i vaderna. Såg du förresten att jag bröt av min favoritklubba igår? Tur man har fler än en klubba med sig på träningarna. Mia sitter kvar vid köksbordet och tittar ut på snövallarna som pryder uppfarten. Hon hör inte vad grabbarna pratar om, hon är helt i sina egna tankar.

Kapitel 4

Det stora samtalsämnet hemma på Sjöviksvägen på kvällen är förstås liket på skolan. De struntar i tv:n och sitter i stället i köket och pratar. Mia tänder ett ljus till minne av den döde, som de förmodar är hennes teaterkompis Frans Karlsson. Ritva reser sig sakta från stolen och ser på de andra.

– Nä hörni, jag har faktiskt ingen lust att göra någon kvällsmat ikväll. Vad sägs om att vi fuskar lite med pizza ikväll? Lisa tjuter glatt.

– Ja! Pizza! Jag vill ha en barnpizza med skinka.

– Pizza blir bra. Jag tar gärna en Calzone, säger Robin.

– Egentligen är jag inte hungrig. Mamma, kan inte du och jag dela på en? Mia sneglar på Ritva. Hon känner verkligen inte alls för mat just nu. Men någonting bör hon ju få i sig, det förstår hon ju.

– Visst det kan vi göra. Jag orkar aldrig en hel i alla fall. Pappa och jag åker och köper, så kan väl ni duka inne i tv–rummet så länge?

– Vi fixar det, åk ni. Tack mamma. Mia ser trött och tagen ut. Egentligen vill hon bara gå upp på sitt rum och gråta, men hon känner att en gemensam stund med de övriga i familjen med lite pizza framför tv:n är rena rama terapin för henne. Det lugn och den värme som hennes föräldrar kan ge henne kan ingen annan ge. Hon tittar bort på Conny som står lutad mot köksbänken. Pappa Conny. Tryggheten själv. Lugn och stor och som alltid finns där för henne. Conny går bort till väggtelefonen och slår numret till Pizzeria Campino och beställer. Ritva klär på sig under tiden och känner efter bilnycklarna som ligger i fickan.

– Pizzorna är klara mellan femton minuter och en kvart, skojar Conny. Efter att snabbt ha skrapat av det värsta av isen på bilrutan är de snart på väg. Conny sneglar på Ritva, som pillar oroligt på dörrhandtaget.

– Det här var ingen bra dag, muttrar hon.

– Nä verkligen inte. Jädrar vad otäckt alltså. Man går inte säker någonstans nu för tiden. Vet du vem den där Frans var? frågar Conny.

– Jag tror det. Jag har nog sett honom någon gång när jag har släppt av Mia till teaterträningen. Om det är han jag tänker på så såg han jättesnäll ut. Gud vad hemskt, stackars föräldrar!

Ritva biter sig i läppen när hon känner att gråten är nära. Conny lägger handen på Ritvas knä i ett försök att trösta. Han har det också jobbigt just nu, men känner att han måste vara den starke i familjen och försöka hålla ihop dem så gott det går. Han parkerar utanför pizzerian men sitter kvar hos Ritva.

– Jag vet inte hur det här kommer att påverka våra barn. Varken psykiskt eller med deras skolgång, men om de känner sig oroliga så stöttar vi dem så mycket det går. Kanske ska vi skjutsa dem till skolan ett tag?

– Ja det tycker jag. Det skulle kännas tryggt både för mig och för dem tror jag. Skolan kommer säkert att ordna med en krisgrupp så fort som möjligt, säger Ritva och torkar bort en tår.

– Ja det gör de säkert. Vi lär väl få löpande information om vad som händer och vad som har hänt. Lisa säger inte så mycket, men det är klart att detta påverkar henne med… Sitt du kvar, så kommer jag strax, säger Conny och går ut. I samma stund som hennes man stänger bildörren ångrar hon att hon inte följde med in. Trots att det är ganska upplyst runtomkring bilen känner hon att det är obehagligt att bli lämnad ensam när hon vet att det kan finnas en mördare någonstans i stan. Fast hon vill heller inte springa efter och känna sig larvig, så hon sitter kvar. Med sorgsen min ser hon ut genom vindrutan. Hon tänker på Mia, på den blick hon hade när hon kom hem och berättade om mordet i gymnasiet. Den skräck hon hade i ansiktet var hemsk att se och vad Ritva kunde påminna sig hade hon aldrig sett sin dotter så rädd innan. Hennes fina tjej som har vuxit upp och som snart var vuxen. Ritva tänker tillbaka på tiden när Mia var sju år och började i skolan. På vägen till skolan hade hon varit så spänd men samtidigt så förväntansfull och på kvällen innan hade hon kommit ner till deras sovrum två gånger och sagt att hon inte kunde sova. Sista gången hon kom ner hade Robin hört henne och ropat ner att hon gärna fick sova hos honom, om hon lovade att ligga still. Ritva blir alldeles rörd när hon tänker tillbaka på den tiden. Men hon hade klarat av skolan galant, redan från första klass. Utan några som helst bekymmer lärde hon sig att både läsa och skriva. Lättheten höll i sig under åren vilket gjorde att Mia både tyckte skolan var lätt och ganska rolig och det var sällan hon inte fick över medelbetyg på proven. Betygen har alltid legat mycket bra. Samma sak hade det varit för Robin, och Ritva var så tacksam över att hennes tvillingar har haft det så lätt för sig i skolan.

Robin hade däremot inte visat så mycket när de kom hem och berättade om händelsen i skolan idag. Men Ritva vet att han har mer känslor inombords än vad han visar utåt och hon är säker på att kvällens försök till mys med pizza på en vardag framför tv:n med lite tända ljus kommer att få honom att må bättre. Hon rycker till lite lätt när Conny tar tag i bildörren och hon hjälper honom in med pizzorna i bilen.

I tv-soffan kommer det många frågor från Lisa som de andra har svårt att svara på. Frågor om döden dyker upp och om varför någon vill ha ihjäl en annan person och så vidare. Conny har det jobbigt. Han känner sig både förbannad över hur någon kan ha ihjäl en vanlig skolgrabb, och förbannad på mördaren för att han har skrämt upp hans barn.

När det är dags att lägga sig känner Lisa sig orolig över vad som har hänt och somnar mellan föräldrarna den natten. Ritva däremot kan inte somna. Hon ligger och stryker sin dotter på huvudet tills hon ser att hon sover gott och hon hör att även Conny nu sover. Otaliga gånger har hon vänt sig om i sängen men det går bara inte att somna den här kvällen. Klockradion visar 00.24 och hon är klarvaken. Så tyst hon kan reser hon på sig och går ut till köket och tar en bulle och ett glas mjölk. Bättre att gå upp en stund och ta något att dricka, så kanske hon kan somna om en stund i stället, tänker hon. Det som hände på skolan tidigare på dagen kom verkligen som en chock. Inte trodde hon väl att ett mord skulle ske på en skola i lilla Västervik? Hon som alltid har känt att familjen hade en trygg och säker uppväxt här. För Ritva har hela världen vänts upp och ner denna dag och hon sitter nu i köket och oroar sig för sina barns säkerhet. Bullen smakar ingenting men hon äter upp den ändå.

Om inte barnen ens kan känna sig trygga i skolan, var skulle de då kunna känna sig trygga? Och hur ska jag kunna skydda dem på dagtid när jag jobbar? För inte kan vare sig jag eller Conny sitta och hålla dem i handen i skolan. Och Lisas skola då, kommer mördaren att bege sig dit med? Vad var den där mördaren ute efter egentligen? Var det bara Frans som mördaren var ute efter och vad hade han gjort för att någon skulle vilja döda honom? Frågorna hopade sig i huvudet på Ritva och inga av dem ledde till något svar, bara ännu fler frågor. Hon känner sig hjälplös och börjar återigen gråta och hon har ingen aning om hur hon ska kunna skydda sina barn på bästa sätt. Hon tittar till på den runda klockan som sitter ovanför köksdörren. Den visar 01.03 och hon vet att hon borde sova för länge sedan. Med en djup suck dricker hon ur den sista skvätten ur mjölkglaset och tittar ut genom fönstret. Där ute är natthimlen kolsvart och gatan utanför lyser endast en gatlampa upp liten bit av tomten. På andra sidan Sjöviksvägen ser hon inte skogen på grund av mörkret, men hon vet att den finns där. Hon ryser av tanken att det faktiskt inte är omöjligt att någon läskig man just nu sitter och tittar på henne och kanske till och med planerar att mörda henne. Hon slår genast bort den tanken och inser att hon inte tänker klart så här dags på dygnet. Nu är hon faktiskt trött känner hon och hon reser sig upp och går in och lägger sig i sovrummet igen.

Både Robin och Mia får också svårt att somna på kvällen och på morgonen därpå har de båda sovit och vaknat om vartannat hela natten. De ger sig i väg till skolan som vanligt för att klara av den sista dagen i skolan för den här veckan. Det är fortsatt ovanligt kallt ute för att vara mars månad. Termometern står på minus 6 grader och det ser ut att bli en klar och fin dag. Syskonen anländer till skolområdets cykelparkering och allt ser återigen ut som vanligt. Elever strömmar in från olika håll och bussar stannar till och släpper av elever som kommer från småbyarna runtomkring samhället. Mia och Robin låser sina cyklar och går gemensamt bort mot skolans huvudentré. De skiljs åt när de kommer in i värmen och de går mot sina respektive skåp. Robin som går ekonomiskt program ska ha matematik direkt på morgonen, medan Mia som läser humanistiskt program ska ha svenska. Hon är spänd på vad läraren ska ha för information om den avlidne. Hon hoppas åtminstone att han har någon nyhet att berätta. Framme vid sitt skåp möter hon några av sina tjejkompisar i klassen. Stina, som har sitt skåp bredvid henne står och trycker in sin skolväska i skåpet när Mia kommer fram.

– God morgon.

– Hej, Mia. Har du kunnat sova något i natt? frågar Stina med ganska tyst stämma.

– Inte mycket. Tankarna har bara snurrat i huvudet. Usch, det är så jädra otäckt det som har hänt, svarar Mia och hänger av sig jackan i skåpet och rättar till sin hårtofs. Stina flyttar sig närmare Mia och viskar till henne.

– Har du hört något om vem det kan vara?

– Vi vet inte, men vi misstänker att det är Frans Karlsson. Han som går i min teatergrupp du vet, svarar Mia lågt.

– Va? Är det han? Fy fan vad otäckt! Varför tror du det förresten? Mia tar ut sin svenskabok, penna och suddgummi och låser sedan sitt skåp.

– Därför att vi var i skolan i går kväll och övade på pjäsen, och Frans var den ende som var kvar senare än oss andra.

Vi andra gick hem någon gång efter sextiden. Resten av plugget var nedsläckt, jag lovar.

– Shit. Det kanske lika gärna kunde ha varit du, säger Stina medan de börjar gå mot lektionssalen. Mia ryser långt upp på armarna och längs hela ryggen av Stinas kommentar.

– Kanske. Men man vet ju inte om mördaren var ute efter just Frans. Eller om han bara råkade vara i vägen för mördaren, eller om Frans såg något som han inte borde ha sett. Hoppas nu att Birgitta har några nyheter att komma med, fan jag spricker av nyfikenhet!

Det är ett ovanligt högt surr i klassrummet som genast bryts och byts till nästintill knäpptyst när läraren Birgitta Strandkvist stiger in och går fram till katedern. Hon ser dämpad ut när hon ställer ifrån sig sin handväska på golvet och stryker lätt med händerna över blusen lite nervöst. Idag behöver hon inte tysta eleverna märker hon. De sitter redan med blickarna fullt fokuserade mot henne och de väntar på att få höra vad hon har för något att berätta om gårdagens otrevliga händelse. Hon står upp bredvid sin kateder och håller sin högra hand lite trevande på stolen och ser med allvarlig blick ut över klassen.

– Ja, som ni alla vet så var det en person som hittades död i skolan tidigt i går morse. Vår vaktmästare hittade Frans Karlsson från medieprogrammet död i aulan, fortsätter hon med darrande underläpp och ser ut att börja gråta vilken sekund som helst. Det går ett sus genom klassen. Stina sneglar på Mia som tar sig för munnen och flämtar till.

– Hur dog han? frågar någon.

– Det enda polisen har att säga än så länge är att han inte dog en naturlig död, säger Birgitta och ser sorgset ut över eleverna.

– Han blev mördad alltså? frågar samma person. Återigen hörs ett sorl.

– Det verkar så. Polisen har fortfarande spärrat av aulan för vidare undersökningar. Alla lärare går ut med denna information nu på morgonen och i eftermiddag klockan tre kommer en minnesstund att hållas i gymnastiksalen. Just nu har vi lärare ingen mer information att delge er, men hör vi något så kommer vi självklart att berätta för er, säger Birgitta.

– Eller läsa i tidningarna, viskar Stina till Mia som sitter bredvid henne. Mia nickar frånvarande. Hon tänker på Frans, som hon för bara två dagar sedan övade repliker med. Frans hade varit ovanligt samlad och det märktes att han så gärna ville att pjäsen skulle bli bra. Mia vet att han hade ett gott öga till henne, men det tyckte hon inte var så märkvärdigt, för hon visste att det var fler som hade det. Hon är glad över att hon aldrig har varit taskig mot honom eller förlöjligat honom bara för att han var intresserad av henne, tvärtom, hon respekterade honom precis för den han var. För Mia är inte sån som var stöddig och kaxig bara för att hon ser bra ut. Det sista hon minns av honom är hur hon står påklädd i sin vita dunjacka och hur hon vänder sig om till Frans och vinkar hejdå. Hon minns hur han viftar lätt med handen och ler mot henne, innan han snabbt dyker ner i manuset igen borta vid soffan.

På Robins lektion får han höra samma information av Leif Bergkvist, lärare i matematik. Han och Lalla får bekräftat att det är Frans som är mördad, vilket de flesta andra inte hade någon aning om. Några tjejer i klassen brister ut i gråt medan andra sitter tyst och stirrar ner i bänken. Robin sitter och funderar på hur mordet har gått till och framför allt varför. Han känner mycket väl till den anonyme killen i medieprogrammet som var med i hans systers teatergrupp och han kan inte på något sätt komma på varför någon skulle vilja mörda honom. Men han skulle bra gärna vilja veta varför. En tanke dyker upp i huvudet på Robin. Han skäms lite för den, men han undrar om Frans lik just nu är kallt och så där stelt som lik sägs vara. Han funderar också på vilket sätt han dog på.

Blev han skjuten kanske? Eller ihjälslagen eller förgiftad? Vad var motivet?

Lalla sitter två bänkrader bakom Robin i lektionssalen. Normalt sett är han ganska högljudd och sprallig av sig och han är en av de få i klassen som hörs och syns mest. Det är Lalla som är den som brukar utsätta de andra för små practical jokes titt som tätt och det är han som skämtar och stojar mest med tjejerna i klassen. Men inte idag. Idag säger han inte mycket alls. Han ser ut genom fönstren. Ute har solens strålar orkat sig igenom morgonens täta dimma. De gnistrar vackert på snön som om ligger på fönsterblecken och han undrar varför världen är så fruktansvärt orättvis ibland. En tanke slår honom plötsligt.

Var kanske Frans inte oskyldig trots allt? För man mördar väl inte någon utan anledning? Finns det någonting med Frans som vi andra inte känner till? Hade han möjligtvis någon mörk sida som vi andra inte visste om?

Efter lunchen kollar Robin på Aftonbladets hemsida. De har börjat kalla mördaren för "Västervikspsykopaten", och han undrar varför de kallar honom det. Han tycker det låter lite väl dramatiskt, men undrar samtidigt om det finns någon särskild anledning till detta.

Vet tidningarna någonting mer om mördaren än det som lärarna har berättat? Kan den hårda rubriceringen av mördaren tyda på att mordet har varit ovanligt brutalt?

Robin visar Lalla vad som står i mobilen och han tänker likadant som Robin. De kan knappt vänta tills de ska få veta vem mördaren är och vad som egentligen hände med stackars Frans.

Kapitel 5

En man går ut från ICA Stormarknad i Västervik. Utseendemässigt är han alldagligt klädd och är ungefär 185 centimeter lång och normalt byggd. Han hatar att gå och handla, särskilt i en så här stor affär som är proppfull med folk, men han tänker att han behöver visa upp sig. Han vill visa att han är normal, att han beter sig som alla andra; spelar på stryktipset, ler åt äldre damer, går och handlar och kommenterar vädret med grannarna till exempel. Men den här mannen är allt annat än normal. Så fort han går igenom dörrarna på ICA, tar han ett par steg åt sidan och ställer ifrån sig kassarna. Diskret tar han fram en våtservett och torkar sig om händerna. Han känner sig smutsig efter att ha tagit i en massa varor som andra människor har hållit i. Särskild avsky och äckel känner han när han ska betala med sitt kort. Hundratals personer har fingrat på samma knappar som han nyss har tagit på och han vågar knappt tänka på vad alla dessa personer har varit med sina smutsiga fingrar. Han ser sig omkring men ingen verkar notera att han rengör sina händer med våtservett. Till slut är han klar men idag krävdes det två våtservetter. Han slänger dem i den öppna papperskorgen som hänger vid sidan av ingången, men han känner att det inte räcker med de två våtservetterna. Han stoppar ner handen i sin gröna Fjällrävenjacka och tar upp en liten plastflaska med Apotekets handsprit. Han häller en stor klick av handspriten i handflatan och gnider in sig samtidigt som han ser sig omkring. Det är fortfarande ingen som ser åt hans håll. Efter att händerna är rena, tar han på sig sina skinnhandskar och tar upp plastkassarna med varorna och han bävar för den rengöringsprocess med de inköpta varorna som hans sjuka beteende tvingar honom till när han kommer hem. Tio minuter senare kliver han in i den lägenhet han hyr. Här är det ljust överallt, men framför allt är det rent. När han flyttade in så var det första han gjorde att tapetsera om, byta toalettsits och duschslang. Efter en två veckors intensiv städning och tapetsering började han till slut slappna av och känna att han kunde sova lugnt utan att behöva känna rädsla för att få på sig bakterier från andra personer som tidigare hade vistats i lägenheten. Det hade gått åt stora mängder med Klorin, Ajax, såpa och olika slags skurborstar för detta, men han var tvungen att göra detta allt jobb för att kunna stå med ut att bo i den lilla lägenheten.

Efter att varorna är tvättade går mannen och startar sin grammofonspelare. Märket är Technics SL1200 som han inhandlade för några år sedan för en dyr slant. I skivsamlingen borta vid bokhyllan tar han fram sin favoritversion av Pachelbels stycke Canon in D Major och startar den i spelaren, sedan sätter han sig i sin skinnfåtölj och blundar. Med knäppta händer framför sig tänker tillbaka på vad han gjorde för knappt tre dygn sedan. För exakt sextiosju timmar sedan hade han gömt sig i en av skolans toaletter utanför aulan på gymnasiet, där han visste att Frans och de andra fanns. Här hade han hållit till under flera onsdagskvällar och lyssnat och spanat på hur teatergruppen hade betett sig. Sex av sju onsdagskvällar hade Erika kommit ut från aulan och gått på toaletten ungefär en timme efter att de hade börjat repetera, Roger lämnade alltid gruppen tidigare så han hann med sin basketträning, tre av sju gånger gick Mia ut från det lilla rummet bakom aulan för att ställa sig utanför aulan i kapphallen för att prata med sin lillasyster och Frans stannade alltid kvar minst en halvtimme efter att de andra gått hem. Vad Frans gjorde där efter att de andra hade gått hem visste han inte men av ringa betydelse för honom. Med denna vetskap om hur teatergruppen fungerade visste mördaren hur han skulle gå till väga för att ha ihjäl den satans vageln i ögat till grabb, Frans Karlsson, utan att någon skulle få reda på det. Han visste att efter klockan 19 var det bara han och Frans kvar på skolan. Han visste att han hade gott om tid på sig att straffa grabben när han väl hade smugit sig in i aulan och satt sig i position bakom ett par av de mittersta bänkraderna, precis på det sätt som han så länge hade önskat.

Plötsligt slutar musiken och mannen öppnar ögonen. Fortfarande nöjd efter att ha eliminerat Frans, eller "hindret" som han tänker om honom, reser sig mannen upp och sätter sig på huk framför grammofon-spelaren. Han tar upp rengöringsborsten och rengör skivan noggrant, sedan ställer han tillbaka den på platsen i bokhyllan som är märkt med P. Plötsligt slår det honom att han har glömt att göra en viktig sak. Raskt reser han på sig och går och sätter sig vid sitt skrivbord där hans 27-tums Mac står inkopplad. Bakom datorn på väggen ovanför skrivbordet finns en whiteboardtavla med fotografier. Ett av fotona visar en bild av Frans. Mannen tar fram en svart penna ur översta lådan och drar ett stort kors över Frans ansikte, sedan ler han nöjt och stoppar tillbaka pennan i lådan.

Kapitel 6

Varje dag under de kommande två veckorna står det åtminstone någonting om "Västervikspsykopaten" i Västerviks–Tidningen, men förutom att man kan läsa att polisen har kunnat fastslå att mordvapnet var en snöskyffel samt att mördaren med all sannolikhet var ensam, var det mest en massa spekulationer och tyckande från folk. Onsdagens teaterträning efter mordet på Frans var mer eller mindre inställt, då ingen av föräldrarna ville låta deras barn gå till skolan på kvällstid. Onsdagen därpå kom några föräldrar på att de kunde följa med sina barn och gå vakt runtomkring i skolan medan barnen tränade på pjäsen. Totalt var det fyra föräldrar som ställde upp. De gick två och två omkring längs korridorerna, men mest utanför och i aulan. Mias pappa Conny var en av dem. Denna kväll var aulan helt upplyst, likaså kapphallen utanför samt de närmaste korridorerna där föräldrarna patrullerade. Varken Conny eller Gerd som han gick med, tyckte om att gå omkring där på skolan på kvällen, men ingen av dem sa något till den andre om vad de kände. Conny hade inte sagt något till Mia, men han hade stoppat på sig en morakniv i fickan, det hade Ritva insisterat på att han skulle ta med sig. Med handen på hjärtat så tycker Conny att det faktiskt känns bra att ha någon form av tillhygge, nu när han spatserar runt vid platsen där en person brutalt mördades för ett tag sedan.

Till helgen skulle Frans begravas och teaterträningen denna kväll går trögt. Ingen kände någon motivation, särskilt inte Mia. Klockan 18.30 bryter de för kvällen. De går gemensamt ut genom aulan och ut till föräldrarna. De skiljs åt och går åt varsitt håll. Mia och hennes pappa går och sätter sig i bilen. Trots att vädret de senaste dagarna har blivit mildare så får ändå Conny skrapa rutorna från ett tunt lager med is som hann bildas under tiden de var inne på skolan. Mia hjälper till att skrapa rutorna på sin sida och omedvetet ser hon sig om över axeln ett par gånger bort mot skogen som ligger alldeles intill parkeringsplatsen. Hon kan inte låta bli att undra om han som mördade Frans just nu står någonstans där inne i skogen och tittar på henne. Eller om han plötsligt dyker upp bakom henne och sticker en kniv i ryggen på henne. Mia skrapar klart rutorna och går och sätter sig i bilen. De åker den korta färden hem till huset. Ingen säger någonting under färden. Ända sedan de fick veta att Frans hade mördats i skolan har hon sovit dåligt om nätterna. De tre första nätterna efter hans död hade hon fruktansvärda mardrömmar och vaknade och skrek rakt ut. Ritva har förstått att hon sover dåligt om nätterna, och erbjudit henne Atarax för att kunna somna lättare. De fungerar bra och hon planerar att ta en tablett ikväll med. De kör in på Sjöviksvägen och vidare upp på garageuppfarten. Mia noterar att lampan som brukar vara tänd över garageporten inte lyser.

– Pappa, varför att lampan över garagedörren släckt?

– Den är inte släckt, den är trasig. Jag borde byta den…

37

– Ja, snälla kan du inte göra det? Jag gillar inte när det är mörkt runtomkring huset.

– Jovisst kan jag göra det. Självklart, säger Conny och tar Mia på axeln och ler.

– Jag tror att mamma har kvällsmaten klar. Kom så går vi in och äter nu, gumman. Tänk inte mer på det där nu. Ingenting kommer att hända dig, det ska jag se till. Det har aldrig varit så säkert att vistas på skolan som nu. Du vet ju att polisen har satt in extra personal i stan som letar dygnet runt efter personen som mördade den där pojken. Om jag hade varit mördare hade jag inte vågat vara kvar i den här staden, det är en sak som är säker, säger Conny.

– Nä, jag vet, säger Mia oroligt och försöker släppa de mörka tankarna. De låser upp ytterdörren och Conny går in. Innan Mia kliver in genom dörren tittar hon till på termometern som sitter precis utanför. Den visar minus tre grader. Sedan vänder hon sig om och tittar upp i skogen som tar vid bara några meter på andra sidan Sjöviksvägen. Deras hus ligger mitt emellan två gatlampor, så partiet av skog närmast deras hus är knappt upplyst alls. Hon ser egentligen ingen skog, bara mörker rakt över gatan. Efter att ögonen vant sig kan hon urskilja de främsta träden bara, sedan är det svart. Men hon vet att där bakom växer en tät granskog som sträcker sig flera hundra meter rakt in. Där inne i skogen lekte de när hon var liten tillsammans med Robin och hans kompisar. Då, mitt på dagen och i den åldern, var skogen spännande och det fanns massor att hitta på där inne, men nu ser den bara mörk och motbjudande ut. Det går en kall kår längs ryggen. Nästan tvångsmässigt försöker hon hitta någonting där inne i skogen att fästa blicken på men hon hittar inget. Conny ropar med sin lugna och vänliga röst.

38

– Hallå, kommer du, eller? Hon stampar av snön från skorna ett par gånger på dörrmattan som ligger utanför och går sedan in i värmen och tryggheten. Robin kommer ner från trappen och hälsar på Mia och Conny och fortsätter sedan in i vardagsrummet där Ritva har dukat fram kvällsmaten framför tv:n.

– Hej på er! Hur gick det att öva idag? frågar Ritva oroligt och bär in osten till bordet i vardagsrummet. Mia hänger upp jackan och lägger ifrån sig halsduken och vantarna på hatthyllan. Hon låter uppgiven.

– Det gick väl så där. Ingen hade någon större lust att öva idag, suckar hon och sätter sig i soffan framför tv:n.

– Fast det är lika bra att de tar tag i övandet så fort som möjligt, tycker jag. Och nu var ju flera föräldrar där och patrullerade, och vi såg inte en enda mördare, säger Conny som fortsätter att prata i lättsam ton, för han vet hur jobbigt Mia har det just nu. Han är samtidigt glad och lättad över att Mia fattade mod till sig och gick och övade.

– Kan vi prata om något annat, säger en märkbart irriterad Mia. Robin sätter sig i fåtöljen och sträcker sig efter en macka ur Skogaholmslimpan-påsen. Lisa är redan inne på sin andra ostmacka och har nästan druckit upp chokladen.

– Hörni. Pappa, jag och Lisa tänkte åka till mormor och morfar i helgen, ska ni med? frågar Ritva.

– Ja absolut! säger Mia och skiner upp som en sol. Vad gött att få komma ifrån lite, fortsätter hon.

– Är det okej om jag stannar hemma? Jag och Lalla tänkte lira lite PS3 i helgen, säger Robin.

– Ja det är det väl. Men vill du inte träffa mormor och morfar då? frågar Ritva besviket.

– Jag kan väl åka dit nästa helg i stället? Jag kan ta bussen om inte ni vill åka igen.

– Visst, det kan du väl. Vi kommer hem framåt kvällen någon gång. Det finns mat i kylskåpet, säger Ritva och ler mot Robin.

– Fast Robin, nästa helg skulle vi ju på diskot vet du väl? Eller har du ångrat dig? frågar Mia.

– Just det ja, det är ju disco i idrottshallen. Men det är klart att nästa söndag kan jag åka till dem bara över dagen. Det är väl okej, eller? frågar Robin och sneglar på Ritva.

– Jadå, visst är det okej. Men gör upp det där med mormor bara så de vet att du kommer. De kanske inte är hemma.

– Det är väl klart att de är hemma, var skulle de annars vara? säger Robin och brer leverpastej på sin smörgås.

– De är säkert hemma, men det är lika bra att du ringer och kollar med dem, inflikar Conny.

Mormor Dagny och morfar Olof Erlandsson bor strax utanför Vimmerby på en gård där de en gång i tiden hade kor och grisar. Gården är arvegods efter Olofs föräldrar. Nu för tiden är de pensionärer och har inga djur kvar på gården förutom ett par islandshästar samt deras gamle Golden Retriever Buster. Där på Fridhemsgården brukade Mia och Robin ofta spendera sommardagarna när de hade lov förr, men numera sker det alltmer sällan. Lisa däremot, älskar fortfarande att vara hos sina morföräldrar om somrarna och gärna ett par dagar vid höst och påskloven med.

De fortsätter äta kvällsmaten tillsammans i vardagsrummet på nedervåningen framför tv:n och har det allmänt mysigt. Lisa berättar stolt att hon fick godkänt på matteprovet idag och Conny nämner att en tant på ekonomiavdelningen på kommunen där han jobbar, har sagt upp sig. Det var tydligen en dryg tant, så det gjorde ingenting. Efter kvällsmaten är klockan strax halv åtta och

Mia byter kanal till Fyran, där Farmen börjar. Conny suckar trött.

– Nähä, sådant där skit får ni se på själva. Jag begriper inte hur folk kan skämma ut sig i tv så där. Jag går ut till garaget och fyller på spolarvätska i bilen. Jag såg att det var slut, säger han tröttsamt och reser sig. Mia blir kvar framför tv:n och byter kanal efter Farmen till Femman som visar dubbelavsnitt av Big Bang Theory. Klockan blir nio, och hon kommer på att hon behöver duscha. Hon går ner i källaren där tvättstugan finns och hämtar en ren badhandduk och går sedan upp till sitt rum på översta våningen i det stora huset. Rummet ligger direkt till vänster. Det är ett ganska litet rum med snedtak. Vägg i vägg finns Robins rum. Snabbt tar hon av sig i bara underkläder och lägger jeansen och den tjocka polotröjan på den vita rottingfåtöljen som står snett ut mot ena väggen. Sedan går hon in i badrummet på övervåningen och tar en varm dusch. Robin håller på att Skypa med morfar Olof och berättar att han inte följer med till helgen, men gärna kommer en annan gång, eventuellt nästa söndag. Sedan ägnar han sista timmen innan han släcker lampan till att kolla Facebook och skriva några rader till Lalla på Messenger. Mia är klar i duschen och går in till sitt rum och sätter sig på sängkanten. Med sig från badrummet har hon en hudlotion från Bodyshop som hon smörjer in hela sin kropp med, precis som hon brukar göra när hon har duschat. Den kalla och torra luften i vinter har gjort hennes hud extra torr. Hon känner sig lugn och behaglig nu och hon känner att den varma duschen gjorde henne gott. Sedan gör hon som hon alltid brukar göra innan hon går och lägger sig, fast hon skäms lite för det – hon tittar under sängen. Inte för att hon tror att någon är där, men hon tycker att det ändå känns bra att göra så. Klockan blir 22.15 innan hon knackar lite försiktigt i väggen och viskar god natt till Robin, därefter släcker hon lampan. I kväll har hon inte tagit någon insomningstablett för hon känner att hon är riktigt trött och tror att hon ska kunna somna ändå.

Vad Mia inte har en aning om är att ända sedan strax innan hon och hennes pappa kom hem från teatern, har mannen som mördade Frans legat bara tjugotalet meter in i skogen på andra sidan Sjöviksvägen och studerat på vad familjen Lennersjö har haft för sig under hela kvällen. Helt ostört och helt utom synhåll från någon har han iklädd i svarta, varma kläder legat på marken med sin systemkamera, en Nikon D750 med extra objektiv och sett hur familjen har suttit framför tv:n. Genom kameran har han inte bara tittat utan även tagit ett flertal bilder och filmat Mia. Han har även sett hur hon sedan vid niotiden gått upp till sitt rum och bytt om. Han har med bultande hjärta sett hur hon smort in sig med hudlotion på hela hennes kropp med sensuella rörelser och när han sedan såg hur hon tog bort den handduk hon hade haft uppvirat i håret och släppte ut det blonda, långa håret ner på hennes axlar, flämtade han till och han blev hård. Detta var bara en av otaliga gånger han har legat på detta gömställe i skogen och spanat på Mia genom sin systemkamera, men han känner ändå en oerhörd frustation över att inte få komma henne ännu närmare. Han vill helst av allt ta sig ända in i hennes vackra flickrum, där alla hennes personliga saker finns! Han vill kunna se på nära håll hur hennes hårband ser ut, hur hennes t-shirtar doftar, han vill lägga sig i hennes säng och dofta på hennes kudde, men än så länge vet han bara inte hur det ska kunna gå till. Men han har börjat smida en plan för det. Han suckar återigen efter att Mia har släckt lampan och han vet att hans stora kärlek ligger bara några meter ifrån honom, sovandes i bara trosor med fuktigt nyduschat hår.

Åhh, Moa, min älskade lilla Moa. Det måste finnas ett sätt för oss två att bli tillsammans. Nu när jag äntligen har hittat dig igen!

Mannen känner att det inte finns någon anledning att stanna kvar längre i skogen. I kväll har han samlat på sig gott om material med både bilder och filmer på Mia som han senare kommer att lägga över på hårddisken hemma, tillsammans med de övriga bilder och filmer på henne.

Mia har släckt lampan och dragit ner rullgardinen och han ser inget längre. Han är stelfrusen efter att ha legat flera timmar helt stilla på samma skitiga ställe bland mossa och barr, men det har det varit värt. Omedvetet knäcker han i lederna på sina händer. De stelfrusna händerna och den vindstilla kvällen gör att det låter extra högt. Precis som så många gånger tidigare, tar han sin kamera och hänger den runt halsen innanför jackan och börjar ytterst försiktigt ta sig längsmed skogen en bit bort där cykelvägen viker av. Där finns inga hus i närheten, där är perfekt att smyga upp på cykelvägen igen utan att någon kan se vart han kommer ifrån. Den sena kvällen är lugn och tyst. Några bilar hörs på långt håll. Mycket nöjd med vad han har sett ikväll men ändå fruktansvärt frustrerad över att inte få komma ända intill Mia, går han den tjugo minuter långa vägen hem till sin lägenhet.

På vägen funderar han mycket. Han funderar på Moa. Hans älskade lilla Moa som så tragiskt dog när de var små. Fortfarande har han fullt av skuldkänslor för vad som hände den där hemska dagen på dagis för så många år sedan. Det var ju bara på skoj ju! Den där tändaren med gul genomskinlig behållare så ju så häftig ut. Han och Moa hade hittat den tillsammans ute på gården. Någon måste ha kastat in den där. Han hade ju sett sådana där tidigare och han visste hur man gjorde med dem. Det var bara att dra med fingret på den där runda grejen, så gnistrade det. Och höll man sedan kvar fingret på den röda plastbiten så tändes det en låga. Han minns att Moa var lika ivrig som honom att testa den på något. Men så ropade dagisfröken att det var dags att komma in. Av någon anledning så stoppade han tändaren i fickan så att inte fröken skulle upptäcka den, i stället för att slänga tillbaka den på backen igen där de hittade den. När de väl hade kommit in och tagit av sig skorna, föreslog han för Moa att de två skulle smyga in i kuddrummet och testa tändaren igen. Där inne fanns det inga fönster, och släckte man lyset så var det kolsvart. Innan de hade smugit in i kuddrummet hade han tagit en konstig sprayflaska inne i städskrubben. Han kunde inte läsa vad det stod på flaskan, men han mindes att den såg häftig ut, för den hade en svart dödskalle på en liten bild, och eldsflammor på en annan. På tv hade han sett hur man kunde spruta eld med hjälp av en tändare och en sprayflaska, det ville han verkligen testa! Men fröken fick inte upptäcka dem, för då kunde hon bli arg. Det trodde Moa också. De kom överens om att Moa skulle sköta tändaren och han skulle spraya med sprayflaskan. Han sprayade lite först men Moa lyckades inte få någon gnista, däremot fick hon spraymedlet rätt på sin tröja. De gjorde ett nytt försök, och den här gången gick det bättre. Det blev en gigantisk eldsflamma som lös upp hela rummet, men riktningen med strålen blev inte som han hade tänkt sig. Den kom rakt på Moas tröja, som genast började fatta eld.

Mördaren är nu bara några minuter från sin lägenhet. Tårarna rinner ner för kinderna och de droppar ner på hans vinterjacka när han tänker tillbaka på händelsen i kuddrummet. Stegen blir långsammare och långsammare, och till slut stannar han helt, men han kan inte sluta tänka på vad som hände sedan den där gången på dagis.

Än idag kan han tydligt höra i sitt huvud hur Moas hjärtskärande skrik får hans kropp att stelna där han står och ser hur elden sprider sig från hennes tröja och sedan snabbt upp till hennes ljusa, lockiga hår. Hon skriker och skriker, men fröken och de andra är på andra sidan lokalen där de har kassettspelaren på samtidigt som de sjunger sånger. Han ser hur hennes ögonbryn fräser av lågorna som slår upp i ansiktet på henne och hur huden i hennes panna flagar sig av hettan. Förtvivlat slår hon sig i ansiktet för att försöka få bort den varma elden, men det går inte. Hon börjar ropa på fröken och leta efter dörren ut till de andra, men hon ser ingenting för alla lågorna från tröjan som brinner. Hon skriker att han måste hjälpa henne, men han kan inte för hans kropp är helt förlamad av skräck och han har till råga på allt kissat ner sig. Det går hål i Moas tröja av elden som nu har slukat den och han kan se hur det blir svart på hennes bleka mage av sot, men han kan fortfarande inte förmå sig att hjälpa henne, hur mycket han än så gärna vill. Hon springer förtvivlat runt med utsträckta händer och letar efter dörrhandtaget, men hon hittar den inte. Ett par kuddar börjar brinna när Moa snubblar på dem. Med sina sista krafter ropar hon till honom och fröken än en gång om hjälp. "Snälla, hjälp! Aj, det gör så ooont! Fröken!" Sedan hostar hon några gånger till och faller sedan mot golvet och blir livlös.

Mördaren står fortfarande stilla mitt på gångvägen. En äldre man med hund går förbi och glor på honom, men han reflekterar över huvud taget inte över mannen med hunden, utan stirrar bara rakt fram med dimmig blick. I sitt huvud är han tillbaka på Vildhallonets dagis i Ånge, Medelpad. Där ser han Moa ligga livlös på den grå plastmattan i kuddrummet medan det fortfarande kommer små lågor av eld från hennes nacke och rygg, samtidigt som brandvarnaren börjar tjuta. Sedan kan han bara minnas vissa fragment av vad som hände efter det. Fröken som skriker i panik, röklukt, nerkissade kläder. Stanken av bränd människohud. Men framför allt Moas ansikte. Han ser hur hennes numera kala, uppbrända huvud ligger vridet åt hans håll och stirrar på honom. Efteråt har han förstått att hon inte alls stirrade, utan det såg bara ut så för att hennes ögonlock hade bränts bort på grund av värmen från eldslågorna.

Mördaren känner hur pulsen dunkar i tinningarna och han andas häftigt och han börjar sakta komma tillbaka till medvetande igen. Med tunga steg fortsätter han gå mot sin lägenhet och han torkar bort tårarna med utsidan av handskarna. Han vet att han kommer få svårt att somna i natt. Det är sent när han låser upp ytterdörren och han fortsätter med den sedvanliga rengöringsritualen så fort han kan, innan han kan gå vidare in i lägenheten. Med skakiga händer fyller han sedan ett glas med vatten och tar fram 10 milligram Stesolid ur en förpackning och sväljer sedan tabletten snabbt. En halvtimme senare somnar han och får en drömlös, orolig nattsömn.

Kapitel 7

Det är lördag och hela familjen Lennersjö utom Robin är på väg till Fridhemsgården utanför Vimmerby där barnens morföräldrar bor. Lisa tittar på sin iPad i baksätet tillsammans med Ritva. Conny kör deras röda Audi A6 från 2014. I passagerarsätet sitter Mia och ställer en rad frågor om bilen och om hur växellådan fungerar. I höst ska hon få börja övningsköra och visar redan stort intresse för bilen och hon kan knappt vänta på att få börja med det. Conny svarar glatt på alla hennes frågor så gott han kan och tycker det är kul att hon verkar så intresserad. Trots att hon har bönat och bett om att få testa att köra den på någon liten grusväg så har han ändå sagt nej, med viss tveksamhet. Möjligtvis får hon prova att köra Ritvas Hyundai i20 när isen är borta helt, men inte hans ögonsten Audin.

De är snart framme på gården där Dagny och Olof möter dem ute på gårdsplanen. Olof har som vanligt snickarbyxor och stövlar på sig. Conny hinner knappt parkera bilen förrän Lisa slänger upp bildörren och springer bort till Dagny och kastar sig i famnen på henne.

– Nä men vem är det som kommer här? Hej lilla hjärtat! Det var länge sedan. Är det bra med dig?

– Hej mormor! Ja, det är jättebra. Robin är inte med idag, han är hos en kompis.

– Ja jag hörde det. Vad tråkigt att han inte kunde följa med. Då går han miste om alla mina kakor som jag har bakat. Men vi får träffa honom en annan gång hoppas jag, säger Dagny och ler. Lisa springer vidare till Olof och ger honom en lika stor kram.

– Hej kompis! Åh vad du växer! Snart är du lika lång som din mamma. Lisa skrattar och springer in i huset där hon vet att hennes morföräldrars gamle Golden Retriever Buster finns. De andra hälsar och kramar om varandra, sedan går de in till huset där kaffe, kakor, kanelbullar och färsk sockerkaka väntar.

Inne i finrummet dricker de 11-kaffe och pratar om allt möjligt. Mia hatar att vara i finrummet, det har hon alltid gjort. Allt är så gammalt där. Alla möbler och tavlor verkar vara från 1800-talet. I ena hörnet står den gamla moraklockan och tickar. Hon vet att Robin tycker det är behagligt att höra hur klockans pendel far fram och tillbaka, men det gör inte hon. Hon tycker det bara låter obehagligt att höra hur den tickar för varje sekund. För henne är klockan som livets nedräkning på något sätt, att för varje gång som pendeln tickar så minskar livet med en sekund och det gör henne stressad. Hon har aldrig berättat för någon om att hon tycker så, för hon förstår att det låter larvigt. Tavlorna i rummet är dystra och målade med mörka färger. Ett par av tavlorna är ovala med tjock ram där motivet är i svartvitt, förmodligen på Dagnys mamma och pappa tror Mia, men hon har aldrig frågat. Hon bryr sig egentligen inte, för det som har varit har varit. Hon vill leva i nutiden i stället. Inga stela svartvita fotografier med allvarliga miner här inte, det är Snapchat och Instagram som gäller! Liv och rörelse, skratt och roliga miner, inte stela, allvarliga miner i svartvit. Saker och händelser från förr skrämmer henne lite. Det verkade vara så annorlunda och allvarligt då. Ingen av personerna på de gamla fotografierna ler, de bara stirrar allvarligt rakt in i kameran. Finrummet är verkligen annorlunda än de övriga rummen på Fridhemsgården. De tjocka trätiljorna på golvet knakar när man går på dem och det är millimetertjocka springor mellan varje planka. Mattorna är stora, tjocka och röda med konstiga mönster och tapeterna verkar inte vara bytta sedan innan Dagny och Olof tog över gården. Dessutom luktar det annorlunda här inne. Lite unket på något sätt. Hon minns tillbaka på när hon var liten då hon och Robin brukade leka kurragömma i huset. Robin gömde sig ibland i finrummet, för han visste att det rummet var det sista som Mia skulle leta efter honom i. När de blev påkomna att vara där inne, var det de enda gångerna som deras mormor sa ifrån med skarp röst, att där inne får de minsann inte springa och leka.

Olof fyller på kaffe till alla och Mia häller i kaffegrädde från den lilla vita kannan med blommotiv på. Lisa berättar stolt att hon kunde simma 25 meter ryggsim senast de var och badade med klassen. Mia berättar att det är tufft i skolan men att hon hittills har klarat de prov de har haft. Ritva skär upp ett par skivor sockerkaka till och ger en till Conny. Dagny nämner mordet på Frans, men Ritva pratar snabbt bort det och skakar diskret på huvudet när inte Mia ser. Dagny förstår att hon gick in på ett känsligt ämne och börjar prata om Buster i stället. Hon berättar att han verkar ha fått ont i en höft och att det var därför han inte kom ut och hälsade när de kom. Lisa snappar upp vad de vuxna pratar om Buster.

– Mormor, kommer Buster dö snart? frågar hon oroligt.

– Nejdå min vän. Men han börjar bli gammal och då får man svårare att röra sig, precis som jag och morfar. Vi är ju gamla och vi orkar ju inte springa lika snabbt efter bollen som ni ungdomar gör när ni brukar sparka boll om somrarna, säger Dagny och klappar Lisa på kinden. Olof vänder sig till Conny och ser bekymrad ut.

– Hörrudu, när du ändå är här, kan inte du titta på min mobil? Jag tror det har hänt något, det har dykt upp en konstig symbol uppe i hörnet och jag vågar inte trycka på den.

– Javisst, var är den någonstans? frågar Conny och sträcker på sig.

– Den sitter i laddaren i köket, följer du med? frågar Olof. De går ut till köket och Olof visar den konstiga symbolen. Conny talar om att han bara har fått på GPS-signalen av misstag och stänger av den.

– Jaha, var det inte värre än så, säger Olof lättat.

– Du Conny. Det där med grabben som mördades. Jävligt otäckt måste jag säga. Jävligt otäckt… Att någonting sådant kan hända i lilla Västervik, det kunde jag aldrig tro. Det finns idioter överallt. Jag såg att Mia tog illa vid sig när Dagny tog upp ämnet. Hur är det med henne egentligen?

– Jo det är okej tycker jag. Men det är klart att det har påverkat henne. Hon gick ju i samma teatergrupp som grabben och ryktet går att mordet var riktigt bestialiskt. Du vet ju hur de snackar i klassen och eleverna trissar varandra. Hon sover dåligt om nätterna sedan mordet påstår Ritva, berättar Conny bekymrat och lägger tillbaka mobilen på köksbänken.

– Ja, fy fan vad tragiskt, suckar Olof.

– Ni har väl larm på kåken hemma? Jag och Dagny skaffade ju det förra året. Ja du vet, Buster skällde så mycket om kvällarna så Dagny blev ju orolig. Naturligtvis är det ju bara harar som springer på tomten utanför, men ändå. Det ångrar vi inte ett dugg faktiskt, värt varenda krona. Nu känner vi oss trygga, även om Buster skäller.

– Vi har faktiskt beställt larm, men det var tydligen lång leveranstid. Först om tre veckor kommer de tror jag. Det var Ritva som ringde dem. Jag antar att de fick ett rejält uppsving på Verisure efter mordet, säger Conny och hickar ett par gånger.

– Det låter bra det. Jag vet inte vad jag skulle ta mig till om det hände flickorna något, säger Olof oroligt och skakar sakta på huvudet.

– Hur går det för polisen, förresten? Är dom mördaren på spåren, har du hört något? Det verkar som om det går trögt, enligt tidningarna.

– Jag vet inte faktiskt. De verkar ganska förtegna, men det står ju i tidningen att de har fått förstärkning. Det är ju inte säkert att mördaren är kvar i stan. Han kan ju vara i Kiruna vid det här laget för tusan, säger Conny och suckar.

– Ja. Det går inte att lita på någon nu för tiden. Vad fan ska de ge sig på ungdomar för? Om de är osams över något så kan de väl göra upp med vanligt hederligt handgemäng? Så gjorde vi när jag var grabb. Nä, våldet har blivit så överdrivet, suckar Olof.

– Inne i finrummet har alla fikat klart och Dagny har lovat Mia att hon ska få ta en tur med Freja, Dagnys ena islandshäst. Mia är inte särskilt bra på att rida, men har ändå gjort det ända sedan hon var liten, men bara vid de tillfällen då de är och besöker Olof och Dagny. Hästvana har hon och hon vet precis hur man gör med tränset och sadeln. Dagny säger att hon inte följer med den här gången, men det gör inget för Mia, hon rider gärna själv. Hon vet precis vart hon tänker rida. Det blir den vanliga turen rätt över ängen och sedan följer hon grusvägen en bit ner till den lilla sjön Vrången och tillbaka. Väl framme vid sjön brukar hon stanna till och se ut över fälten och sjön om det är fint väder. Alltid är det något djur hon ser på vägen. Ibland är det rådjur och ekorrar och ofta hör hon koltrasten långt inne i skogen. På hästryggen känner hon sig fri. Det är som om alla bekymmer bara släpper när hon väl är ute i skogen. Varken läxor, killar eller prov kommer upp i tankarna när hon sitter på Freja, här kan hon verkligen koppla av. Ibland kommer hon på sig själv med att nynna högt och hon tyder det som ett tecken på att hon trivs hos sina morföräldrar. Att få komma hem till mormor och morfar på Fridhemsgården är rena rama medicinen känner hon och hon önskar att hon kunde ha tid att vara här oftare. Här hos dem på landet behöver hon inte vara tonåring med en massa krav, här kan hon få vara barn igen och bara få bli ompysslad. Men hon vet också att ingenting varar för evigt och om några timmar måste hon bege sig hem till vardagen i Västervik igen. Men för tillfället försöker hon njuta där hon där hon nu sitter, uppe på ryggen på Freja. Men just denna gång har hon svårt att koppla av. Tankarna snurrar för fullt i huvudet. Hon funderar vad hon ska göra efter gymnasiet. Gärna jobba med människor, fast inte på sjukhus. Kanske handläggare av något slag, det kanske vore något. Fast det låter ganska trist. Kanske har hon valt helt fel linje? Hon tycker ju faktiskt att teater är skoj, för det tränar hon ju på kvällarna. Fast det är nog svårt att försörja sig på. Hur som helst så har hon över ett år kvar innan hon måste bestämma sig om hon vill plugga vidare eller börja söka jobb och hon känner just nu att hon har all tid i världen att bestämma sig.

Det börjar bli dags att rida tillbaka och hon manar på Freja med ett lätt tryck i sidan på henne med stövlarna medan hon smackar.

Det blir eftermiddag och det är dags att åka hem. Med magen full av slottsstek och chokladpudding i magen tar hon farväl för den här gången. När hon kramar om Olof viskar han i hennes öra så att ingen annan hör.

– Ta hand om dig nu, hjärtat mitt. Och lova att vara rädd om dig, hör du det? Ta inga risker och gå aldrig själv ute i mörker. Mormor och jag har bara en Mia och vi är rädda om dig, förstår du. Hälsa nu så gott till Robin och säg att han är välkommen hit när han vill.

– Jag lovar, morfar. Jag ska inte ta några risker, säger Mia och tar honom i hans varma trygga händer och ler. Om hon inte såg helt fel, så kunde hon ana en tår i hans ögon. Dagny och Olof vinkar adjö från gårdsplanen och snart syns bara lysena på bilen i den mörka marskvällen.

Kapitel 8

Det blir återigen måndag morgon och det är dags för skolan. Vintern har äntligen släppt sitt grepp om Västervik för den här gången och det verkar nu som våren gör intrång på allvar. Det är inte längre nödvändigt med mössa och vantar när tvillingarna cyklar till skolan och inte heller fryser cykellåset längre på Mias cykel. Hon som i vanliga fall är ordningsam av sig, brukar nästan alltid lämna cykeln utanför ytterdörren i cykelstället i stället för att ställa in den i det varma garaget. Det är sedan länge ljust på morgnarna när de ger sig av till skolan och vid klara dagar kan de höra småfåglar kvittra längs cykelvägen, vilket Mia tycker ger en bra och mysig start på dagen. Det är en härlig tid som väntar framöver och båda är på gott humör. Det som hände för tre veckor sedan börjar sakta men säkert tyna bort ur deras tankar och Mia har börjat sova bättre igen. På vägen nämner Robin någon om discot på fredag.

– Jo, jag tänker väl gå på discot. Karin pratade om att vi kunde ha förfest hemma hos henne. Hennes föräldrar skulle inte vara hemma tydligen. Det blir väl bara hon, jag, Stina och eventuellt Agnes och hennes kille. Ska jag fråga om du och Lalla kan haka på? frågar Mia.

– Ja det får du gärna göra. Skulle Stina dit sa du? frågar Robin nyfiket.

– Ja, kåtbock, hon ska dit. Men henne behöver du väl inte stöta på? Hon är ju min kompis, säger Mia halvt irriterat och halvt på skämt.

– Det gör väl inget. Jag tror hon gillar mig.

– Så säger du om alla tjejer du tycker om. Tagga ner lite, alla tjejer gillar faktiskt inte dig, pucko, säger Mia och flinar.

– Men du då? Kommer det ingen kille som du gillar till förfesten?

– Nä. Jag är inte kär i någon. Robin sneglar förvånat på henne och vinglar till med sin Monark.

– Inte någon? Jag tyckte du sa att den där stöddige typen i trean som går Natur var trevlig?

– Ja, han var trevlig mot mig i matsalen en gång ja, men inte blir jag väl kär bara för att någon säger något snällt någon gång? Fast det är klart, han såg ju ganska bra ut…

– Men har ni något att dricka då?

– Stina skulle ta med sig en bag in box sa hon. Hennes brorsa hade visst fixat det. Du då?

– Äh, vi dricker väl några vanliga öl bara. Jag kan inte bli bakfull för jag har innebandymatch på lördag. Matchen börjar redan klockan 10, då gäller det att vara skärpt. Vi måste vinna den här gången, säger Robin allvarligt.

– "Man kan faktiskt ha roligt utan sprit", skojar Mia.

– Jo, ryktet säger det. Men är det inte dumt att chansa? ler Robin. De är framme vid cykelställen. Robin ser den stöddige typen som stötte på Mia i matsalen. Han ser åt Mias håll och försöker fånga hennes blick, men hon ignorerar honom och de går vidare in i skolan.

– Vi syns hemma sen då. Men frågar du Karin om jag och Lalla får förfesta hos er då?

– Ja jag ska fråga henne. Vi syns sen! Robin ser Mia försvinna bort längs korridoren och in mellan några skåp. Han själv får syn på en snygg rumpa på en tjej i Handelsprogrammet och följer efter en extra sväng och går förbi sitt skåp.

Efter lunchen går Mia och Stina till biblioteket. De har fått i uppdrag av deras svenskalärare att läsa och recensera valfri bok av August Strindberg. De vet inte var de ska leta någonstans, så de frågar den unge bibliotekarien. De går tillsammans fram till den lite bortkomne och blyge Ulf Strandmyr som har jobbat som bibliotekarie på skolan sedan förra terminen.

– Hej Ulf! Var finns böcker av August Strindberg någonstans? frågar en fnittrig Stina medan Mia studerar Ulf. Han har kortklippt hår, nystruken blå skjorta och vanliga jeans. Hans glasögon är små och omoderna, men han har en rak hållning och ser faktiskt inte så illa ut, bara man fick av honom de där brillorna, tänker hon.

– Hejsan. Strindberg? Honom hittar du borta vid H. Eller, honom hittar du inte där, men hans böcker, skojar Ulf och ger ett blygt flin tillbaka.

– Åh tack Ulf, du är bäst, säger Stina och går och letar efter H-hyllan. Tjejerna går till rätt hylla och hittar ett helt knippe med Strindbergs verk längst ner på hyllan. De sätter sig på huk och går igenom titlarna och till slut har de valt ut en bok var. Klockan ringer och det är dags för nästa lektion. Hastigt plockar de ihop sina saker och beger sig ut från skolans bibliotek och när Mia går ut genom dörren vänder hon sig hastigt om och ser efter Ulf. Han står och rättar till bokraderna där tjejerna nyss var och rev i. Han upptäcker Mia mellan bokhyllorna och ler mot henne lite försynt och tittar sedan ner mot böckerna igen.

– Det var värst vad du spanade på Ulf idag, retas Stina och knuffar Mia i sidan medan de går i korridoren.

– Jag tycker faktiskt han är lite charmig, svarar Mia och sträcker på sig.

– Haha, han kanske vore något för dig. Han är säkert singel, tror du inte det?

– Ingen aning. Han har ingen ring på fingret i alla fall, säger Mia lite drömmande. Stina stannar plötsligt till i korridoren.

– Va? Allvarligt? Ulf "bibliotekarien" Strandmyr? säger hon och ser förvånad ut.

– Varför inte? Om han bara tar av sig de där fåniga glasögonen så ser han inte alls dum ut tycker jag, säger Mia och slänger lite med sitt blonda hår.

– Jaa, kanske. Men han måste vara i 25-årsåldern minst?

– 24.

– Hur vet du det? frågar Stina förvånat medan hon böjer sig ner för att knyta det ena skosnöret.

– För att jag frågade honom häromdagen när jag satt och pluggade i biblioteket. Vi bara började prata helt apropå och då frågade jag. Han sa att han var från Stockholm. Du förresten, Robin och Lalla kanske hänger med till Karins förfest på fredag, är det okej för dig?

– Javisst är det, svarade Stina. Mia kunde svära på att hon kunde antyda en rodnad på hennes kinder.

Fan, stor risk att det blir brorsan och Stina på fredag då… Jaja, bättre att det är en tjej jag känner i så fall.

Det blir fredag kväll. Klockan är strax 18.30 och det ringer på dörren. Conny öppnar och utanför står Lalla.

– Hej Lars, kom in, säger han glatt.

– Hallå.

– Jaså ska ni ut och svira ikväll? frågar han Lalla nyfiket.

– Japp, ikväll blir det disco i idrottshallen, svarar Lalla.

– Okej, trevligt. Får jag följa med? En gammal gubbe som jag behöver komma ut och lufta benen ibland. Vad är det för orkester som spelar ikväll? frågar han och ser överdrivet engagerad och glad ut. Lalla vet inte vad han ska svara riktigt och ser konfunderad ut. Robin ropar från ovanvåningen.

– Lägg av och dryga dig pappa! Orkestrar var det på din tid, det vill säga på stenåldern. Nu är det discjockeys, vet du väl! Kom upp Lalla, jag är inte klar ännu.

– Jag bara dummar mig, Lars! ropar Conny upp i trappan. När Lalla kommer upp på övervåningen möts han av en doft av Cool Water och hårspray. Han ser att toadörren står på vid gavel och där inne ser han Mia som står och lockar håret för fullt.

– Tjena Lalla!

– Hej! Va? Är inte du heller klar? Måste vara ett släktdrag, skämtar han och går in i Robins rum.

– Tja mannen! Ska bara sätta på mig ett par strumpor så kan vi dra sen. Mia hör deras konversation från toan.

– Men fan Robin! Är du så sugen på Stina att du inte kan vänta fem minuter på mig eller?

– Käften. Vi ska vänta på dig. Lalla, har du med dig något att dricka? frågar han med låg röst.

– Nej, jag kunde inte fixa något.

– Fan. Jag frågar pappa. Det är inte omöjligt att vi kan få med oss något av honom, bara han är på rätt humör så. Vänta lite. Robin försvinner ner för trappan och är tillbaka två minuter senare.

– Vi fick fyra starkbärs av pappa om vi lovade att inte dricka något mer än dem ikväll, säger Robin glatt.

– Härligt, men det blir nog lagom med tanke på vår innebandymatch i morgon.

– Mia, ska jag hjälpa dig med locktången? retas Lalla.

– Du, om du skulle göra det så skulle jag nog inte våga gå ut ikväll! Håll dig du till ditt hårvax med ditt lilla hår, ropar Mia och skrattar inifrån toan. Det är dags att åka och Ritva kommer in från vardagsrummet med en kaffekopp i handen.

– Ha så kul ikväll nu, ungdomar. Men ni kan väl ta sällskap hem i natt när discot är slut? Eller ska jag eller pappa komma och hämta er? frågar hon oroligt.

– Vi tar sällskap hem, ni behöver inte komma och hämta oss. Koppla av mamma, inte fasen skulle en mördare gå fram och mörda någon mitt bland folk heller? Och det är många som kommer att gå hem på samma väg som vi sedan i natt så det är ingen fara, säger Robin lugnt. Mia som nyss log medan hon satte på sig de svarta stövlarna med klack, fick genast en ängslig blick i ögonen.

– Okej. Men är det något så bara ring. Ha det så bra ikväll. Och du Robin, ta det lugnt med ölen, säger Ritva och blinkar med ena ögat innan ungdomarna ger sig av ut i skymningen. Hon går ut i köket och ser genom fönstret med viss oro på hur två av hennes älskade barn och Lalla försvinner i väg ner längs den mörka gatan.

Mias klasskamrat Karin bor på andra våningen i en fyrarumslägenhet vid torget. På vägen dit hoppar de in på Preem och köper en varsin öl. De vet att han som jobbar på macken brukar se mellan fingrarna på de han känner igen. De hinner hälla i sig en varsin öl innan de är framme hos Karin. Mia rynkar på näsan när hon tar de sista klunkarna, för hon tycker egentligen inte om öl. Hon skäms lite när hon och grabbarna ställer de tomma ölburkarna utanför en trappuppgång på en stenavsats. Robins puls stiger när de ringer på hemma hos Karin, för han vet att Stina borde vara där nu. Han känner sig bra till mods i sin nya skjorta han har på sig. Han vet att han luktar gott och han vet att frisyren är okej. Han vet också att jeansen sitter snyggt på honom, för det har Mia sagt. Det enda han inte vet är hur det kommer gå med Stina ikväll, men han bestämmer sig för att koppla på charmen så gott det går och inte försöka vara mallig eller larva sig. Bara vara sig själv så tror han att det kanske kommer lösa sig med Stina. Åtminstone borde han få hångla lite under kvällen. Antingen på förfesten eller senare på discot. Stina har i det närmaste det perfekta utseendet. I alla fall i hans ögon. Hon är lagom lång, varken smal eller tjock, ganska stora bröst och långt mörkt hår. Dessutom har hon väldigt vackra bruna ögon. Och när hon ler så får hon en sån där liten smilgrop i kinderna och det är precis vad han tycker om. Lalla är som tur var tvärtom, han gillar smala tjejer som helst ska vara blonda. Fast stora tuttar får de gärna ha. Det där med tjejsmak var något de hade diskuterat i timmar och de var rörande överens om att det var en väldig tur att de hade olika smak, annars kanske de hade bråkat om samma tjej. Som tur var, tyckte Robin, så var Mia inte i Lallas smak. Varför visste han inte riktigt, men troligtvis ville Lalla gärna ha lite tuffare tjejer och någon tuff tjej var inte Mia, tvärtom. Hon var väldigt mjuk och lugn till sättet. Kanske kände Lalla att Mia var allt för mycket kompis än flickvänsobjekt, kanske vägde hon några kilo för mycket för hans smak.

Robin tappade humöret direkt när han såg att det var den där dryge Jakob i trean som öppnade dörren i stället för

Karin. Jakobfjanten som försökte flörta med Mia i matsalen. Fan om han skulle flörta med Mia mitt framför ögonen på honom här på förfesten! Det skulle snart visa sig att Robins farhågor besannades. När Jakob hade fått i sig första glaset rödvin började hans intensiva men pinsamma raggande på Mia. Robin såg som tur var att ju mer Jakob försökte stöta på henne desto mer avtändande blev hon och han kunde snart bara luta sig tillbaka i fåtöljen där han satt och njuta av hur Jakob gjorde bort sig alltmer, samt av Mias diss av honom. Basen är uppskruvad till max på hifi–anläggningen, men volymen är än så länge inte högre än att det gick att prata. MTV är påslagen på tv:n. Till Robins stora förtjusning är Stina mycket riktigt på förfesten och hennes lätt urringade vita tröja får honom nästan knäsvag. Stina som brukar feströka, går ut på balkongen emellanåt och tog sig ett bloss. Vid ett tillfälle när Robin ser detta tar han sig först några klunkar ur sin sista öl och går sedan ut till Stina på balkongen. Lalla kan se hur de två skrattar och verkar ha det trevligt där ute och han petar på Mia så att hon också kan se det. Hon tar en liten klunk ur glaset med rödvin och ler brett.

– Jaha, vi får väl se vad det där leder till. Fattas väl bara att brorsan börjar feströka nu också. Är det dags att gå till discot snart eller? frågar hon Lalla och tittar på sin klocka av roséfärgat guld.

– Ojdå, hon är redan kvart över nio. Vi kanske ska dra oss? En kvart senare låser Karin dörren till sin lägenhet.

Det har börjat dugga lite lätt ute och det är sex grader varmt. Mia och de andra tjejerna har fått i sig lite drygt ett glas rödvin från bag in boxen av märket Chill Out. Hon känner sig lätt berusad och väldigt fnittrig, där hon går längs trottoaren i armkrok i något vinglig stil med Stina i riktning mot skolans idrottshall. Jakob har för tillfället släppt hoppet om Mia och går och tjatar på Karin i stället, men hon verkar inte heller särskilt intresserad. Sist i klungan går Lalla och Robin. Robin är upprymd och pratar om formen på Stinas bröst. Då och då tittar han till på Mia, bara för säkerhets skull. Han lovade sina föräldrar att ha ett vakande öga på henne och han tänker hålla det han lovat. Just nu känner han ingen som helst oro för att någon mördare skulle dyka upp. Kanske är det alkoholen som gör att han har släppt de tankarna. Kanske är det tankarna på Stina som har tagit över i hans huvud. Stundtals tar de några felsteg, men de är inte alls berusade. De genar genom Stadsparken och alla grabbar stannar till och lättar på trycket vid ett buskage. Robin slänger ett öga över axeln och ser att Mia och de andra tjejerna inte har upptäckt att grabbarna har stannat till. Han ser att Mia fortsätter gå längs den grusade vägen i parken genom ett område där två utav gatulysena är trasiga. Det är riktigt skumt där en bit och tjejerna försvinner in i mörkret. En tanke slår honom hastigt och han blir på en tiondels sekund spiknykter.

Mördaren! Tänk om den jäveln är här i parken! Fan också, jag skulle ju inte släppa Mia ur sikte ikväll! Måste skynda mig i kapp henne så fort som möjligt.

Han svär tyst för sig själv och försöker skynda sig. Han påminner Lalla om att han lovade att inte släppa blicken från Mia och de börjar småjogga när de är klara och det dröjer inte länge förrän de är ikapp tjejerna. Robin slappnar av igen och tankarna om mördaren försvinner snabbt och hans tankar är åter glada och något påverkade av alkohol. När de närmar sig gymnasiet kan de höra de dova basljuden inifrån idrottshallen och de ser att allt fler elever strömmar till från olika håll. Det har slutat duggregna nu. Luften är kall men ganska behaglig och det är helt vindstilla. Många är berusade, andra står i cirklar och skrattar och röker. Någon har fått lite för mycket och spyr uppe i en buske en bit från hallen. Utanför ingången står två muskulösa väktare med stela miner och spanar ut över den alltmer tillströmmande folkmassan och de stirrar även på de som betalar entrén vid dörren. Robin tappar som hastigast bort Mia och Stina bland allt folk, men ser dem strax igen. De står i kön vid ingången och är snart inne. Han ser att Jakob står bakom dem i kön. Han skränar och fånar sig. Den ena vakten ser ut att när som helst be honom avlägsna sig från kön för att gå och nyktra till, men han verkar låta honom vara för tillfället. Lalla går fram och pratar med några från innebandylaget och Robin går efter. Snart är alla inne på discot och stämningen är på topp. Vid en sidoingång till idrottshallen är det tillåtet att gå ut och röka. En av vakterna som stod vid entrén innan, står nu vid denna dörr och kollar att ingen som inte har stämpel kommer in. Stina går ut vid några tillfällen och tar en cigg och kyler av sig lite, för inne i lokalen är det svettigt och varmt. Vid ett av dessa tillfällen går Robin efter och förhoppningen är att kanske få prata vidare med henne lite. Med lite tur kanske han även får en fyllekyss, i bästa fall lite hångel. De står och småpratar lite om allt möjligt, och Robin känner att oddsen för lite romantik är stora. Plötsligt slår dörren upp och Mia kommer ut och strax bakom kommer även Jakob. Han är fortfarande ganska full och han verkar inte ha gett upp hoppet om Mia. Robin surnar till och tänker att det är konstigt att vissa inte inser när det är kört att ragga på tjejer. Jakob insisterar på att få en cigarett av Stina, som hon motvilligt går med på att ge

63

honom en. Han ber även om eld och står snart och bolmar bredvid Stina och Robin. Han verkar inte ha någon som helst vetskap om att han stör i deras konversation och verkar inte alls känna sig i vägen. Han vinglar fram och tillbaka där han står och hans blick är närmast fixerad på Stinas urringning.

– Fan vilket drag det är där inne! Tycker ni inte det, eller? sluddrar han och flackar med blicken mellan Stinas bröst och Robin.

– Jo, det är trevligt ikväll, säger Stina och försöker vara så artig hon kan, men hoppas innerst inne att han bara kan gå därifrån så fort som möjligt.

– Visst, det är kul, säger Robin och tänker likadant som Stina.

– Asså, jag har skitkul ikväll! Stina, kan jag få dansa en tryckare med dig sen om det kommer nån? Va? En dans med dig kan jag väl få? tjatar Jakob. Stina känner sig besvärad och tar ett bloss till.

– Vi får se. Kanske, svarar hon.

– Vaddå kanske? Varför inte? Har någon av er nån öl på er? Jag smugglade in en mellanöl innan, men den drack jag upp inne på toan förut. Pissljummen var den, men va fan gör det, hehe! Det är ju alkoholen man vill åt, eller hur? Asså, jag fattar inte att inte vakten såg att jag hade en öl innanför skjortan. Har ni nån öl eller?

– Nej det har vi inte, suckar Robin som är sånär på att be Jakob gå därifrån, men han gör det inte. Han vill helst inte ha något bråk. Särskilt inte med någon som är en decimeter längre och som säkert väger tio kilo mer.

– Äh, skit också. Fan ni är tråkiga, säger Jakob och vänder sig om, rapar högljutt och ser Mia. Hon står bara ett par, tre meter ifrån och pratar med en annan tjej ur klassen som nyss kom ut för att svalka sig. Jakob går med vingliga steg dit.

– Hejsan igen Mia! säger han och lägger armen om henne.

– Hej Jakob, säger Mia irriterat men utan att visa det särskilt mycket och tar bort hans arm från hennes axlar.

– Men va faan? Kan man inte få hålla om dig lite? Va? Det är ju kallt här ute. Jag kan värma dig, säger han och lägger tillbaka armen om Mia. Det börjar koka i Robin och han känner att Jakob inte får utmana ödet mycket mer nu för då kommer det att hända saker. Han ser sig om efter vakten som ska stå vid dörren, men han syns inte till. Robin hör hur Mia blir förbannad, vilket inte är särskilt ofta.

– Men nu får du ge dig, Jakob! Jag vill inte ha din jäkla arm runt mig, fatta det! Gå in med dig så jag får prata med min kompis ifred! Ännu en gång tar hon bort Jakobs arm, denna gång lite mer hårdhänt så att han ska förstå att hon menar allvar. Jakob skrattar till och känner sig lite dum.

– Okej, okej, jag fattar. Men om jag får en kram så går jag in, jag lovar. Det kan du väl ändå bjuda på? Kom igen, en kram Mia?

– Nej jag vill inte. Kan du gå härifrån nu? säger hon argt och bestämt. Jakob ger sig inte utan blir förbannad.

– Fan, jag ska ha en kram innan jag går in, det kan du gott bjuda på. Jag har väl inte gjort dig något? Va? Han tar ytterligare en gång tag i Mias axel och försöker dra till sig henne, men nu kan inte Robin hejda sig längre. Han kokar inombords och går bort till Jakob och sliter tag i hans skjorta bakifrån och rycker bort honom från Mia. Han tappar balansen och vinglar till.

– Men vad i helvete gör du?! Får jag inte snacka med Mia eller?

– Du hör väl för fan att hon inte vill ha något med dig att göra? Hon har ju sagt till dig flera gånger nu. Nu får du fan ge dig! skriker Robin och knyter omedvetet sin högra näve i låg höjd.

– Du, allt jag ville var att ha en kram av henne. Det ska väl för fan inte du lägga dig i om jag får en kram eller inte?! skriker Jakob tillbaka. Fortfarande ingen vakt inom synhåll. Stina har gått in genom dörren för att hämta vakten, men han har gått in på herrtoaletten för att avstyra ett bråk där.

– Men du kommer ju inte få någon kram av henne, fattar du inte det? Respektera vad hon säger. Kan du ta och gå härifrån nu? Begriper du inte att det inte är någon här som vill prata med dig? Du är för full! Gå ett varv runt skolan och nyktra till för helvete, skriker Robin som är röd i ansiktet av ilska vid det här laget. Detta blir för mycket för Jakob, som inte har något vettigt att svara. Han tar nu till det enda knepet han har kvar. Med en hård knuff skickar han Robin flera meter baklänges, men han lyckas ändå stå kvar på benen. Robin vet att han antagligen inte skulle ha en chans mot den större Jakob om de hamnade i en brottningssituation. Dessutom skulle han tycka det var pinsamt om han skulle åka på stryk när Stina och syrran såg på. Stina, som inte hittade vakten har kommit tillbaka igen och går bort till Mia och de står nu och ser spänt på vad som pågår ute vid rökplatsen. Jakob är vansinnigt arg och han fortsätter fram mot Robin och skriker någonting. Robin är trängd i det här läget och ser ingen annan utväg att slåss.

Allting går väldigt fort. Robin slänger sig fram mot Jakob och slår två snabba slag i magen på honom. Han tar i med full kraft, för om han tar i för löst så att Jakob kontrar så ligger han illa till. Jakob kvider högt och viker sig dubbelvikt omedelbart och faller ner på knä. Han har tappat luften och kippar efter andan. Några sekunder senare spyr han rakt ut och han ser ut att ha gett upp slaget. Stämningen är tryckt. Robin skakar av händelsen och är skärrad, men visar ingenting inför tjejerna. Det här var den första gången någonsin som han har hamnat i slagsmål.

– Kom, vi går in nu, säger han till Stina och Mia och kramar om sin syster. Jakob står kvar ytterligare en stund på knä innan han till slut reser sig, hostar och går sakta vidare bort från skolområdet.

Kapitel 9

Sonja Trysell låser dörren till sin marklägenhet på Tomtegatan i kvarteret Kråkbäret. Bredvid sig står en otålig liten släthårig taxtjej och viftar lätt på svansen. Klockan är kvart över sex på morgonen och det är dags för lilla Fiffi att gå ut och kissa. Sonja har varit vaken sedan fem och har redan hunnit dricka sitt morgonkaffe och bläddrat lite i morgontidningen. På sig har hon sin tjocka yllerock och sin stickade mössa. Under hennes vinterkängor har hon fortfarande broddarna på, trots att snön är borta. Det skulle ju kunna gömma sig en isfläck någonstans, tänker hon. Hon sneglar snett upp mot himlen och konstaterar snabbt att regnet hänger i luften. Därför låser hon upp dörren igen och sträcker sig efter sitt svarta paraply som står precis innanför. Fiffi hoppar upp och ner och vill börja gå nu, hon är kissnödig.

– Såja lilla gumman, vi ska gå nu, suckar Sonja trött och kontrollerar att hon har en bajspåse i rockfickan. De ger sig av den vanliga rundan som är ungefär en kilometer och sträcker sig längsmed en liten äng och sedan vidare bredvid en skogsdunge och därefter mellan ett villakvarter och hem igen. De går sakta, för Sonjas knän är inte vad de har varit. Som tur är så är Fiffi snäll och drar ingenting i kopplet. Hon börjar bli gammal hon med och skäller nästan aldrig nuförtiden. Det är söndag morgon och det är fortfarande mörkt ute. Gatubelysningen är påslagen. De flesta ligger och sover ännu och inga bilar hörs någonstans. En kall vind nerifrån hamnen blåser emot Sonja när hon går längs den grusade gångvägen vid ängen och hon längtar efter sommaren. Det här kalla vädret gör inte gott för hennes knän, tänker hon. Vid en gatlykta sätter sig Fiffi och kissar och när hon är klar börjar Sonja gå igen men hon märker att kopplet stretar. Hon vänder sig om och ser att Fiffi står kvar och stirrar in i rhododendronbusken och markerar. Hon morrar. Det har hon inte gjort på väldigt länge och Sonja undrar vad hon har fått vittring på. Med ett lätt ryck i kopplet försöker hon få Fiffi att följa med, men hunden ger sig inte.

– Men lilla gumman, vad är det du har sett nu då? Kom nu, det är säkert bara en död mus, säger hon och rycker till en gång till i kopplet. Fiffi vill fortfarande inte komma och hon morrar allt högre. Det gör Sonja nyfiken och hon går fram och böjer sig försiktigt ner och kikar in under busken. Där ser hon klart och tydligt hur ett par stora gymnastikskor sticker fram och när hon tittar mer noggrant så ser hon att det ligger någon i busken och personen ifråga har blåa jeans på sig. Hon skriker till och blir väldigt rädd när hon förstår att personen antagligen är död. Ingen hör henne och ingen är i närheten så här tidigt på morgonen. Genast tänker hon på den mördade gymnasiekillen och hon blir livrädd och tänker att chansen att mördaren finns kvar på platsen inte är omöjlig. En iskall kår far längs hennes ryggrad och hennes gamla hjärta slår kraftigt och snabbt. Så fort hon bara kan, reser hon sig upp igen och börjar gå så snabbt hennes gamla ben bär henne. Flera gånger vänder hon sig om och ser sig omkring, men hon kan inte se någon alls. Med gråten i halsen och pulsen dunkandes i tinningarna drar hon i kopplet på stackars Fiffi, som har svårt att följa med i Sonjas tempo. Men ingen mördare kommer bakom henne och snart står hon utanför sin ytterdörr igen. Med darrande händer låser hon upp dörren. Utan att ta av sig kängorna går hon till sovrummet där telefonen finns, lyfter luren och slår numret till polisen.

Sju timmar tidigare står mördaren väl gömd uppe i en dunge en bit från idrottshallen. Det finns ingen chans att någon kan se honom där han sitter på knä, väl dold med sin kamera i högsta hugg. Han har vetat länge att det är disco ikväll och han har hoppats få se en skymt av Mia. I sin fantasi har han föreställt sig hur hon är extra fint klädd och med mycket smink på sig. Han tänker sig att hon är lätt berusad och fnittrig tillsammans med sina tjejkompisar, han tänker sig henne i hennes nya svarta vårjacka i skinn med grova tuffa dragkedjor på sidorna, han tänker sig hur hon doftar gott av Cool Water som hon tidigare på kvällen har tagit på sig, för det vet han att hon använder. Det är hennes favoritparfym, det har han sett när han har spanat på henne från skogspartiet utanför hennes hus. Han har så pass god koll på Mia att han vet att hon umgås mycket med Stina och hon feströker. Det borde innebära att Mia följer med Stina ut och sällskapar. Han hoppas det i alla fall. Ikväll behöver han få en skymt av Mia, han måste det. Han behöver försäkra sig om att hon inte hittar någon kille ikväll. I en halvtimme har han legat och tryckt i buskarna nu och han svär tyst för sig själv när han råkar komma åt de smutsiga, kladdiga grenarna med ena handen. Förr eller senare under kvällen borde hon dyka upp utanför dörren där rökarna håller till, tänker han otåligt. Han fryser, trots att han har rejält med kläder på sig. Förmodligen beror det på det fuktiga vädret, tänker han. Plötsligt slår dörren upp och ut kommer Robin och Stina. Pulsen stiger.

Är Stina där så kanske Moa inte är långt borta. Måtte min lilla Moa komma snart, måste få se henne ikväll!

I några minuter ser han via sin kamera hur Robin och Stina pratar och larvar sig. Hon tänder en cigarett medan Robin fortsätter prata med henne. Han börjar bli otålig.

Var fan är hon någonstans? Gud nåde dig om du har hittat någon kille där inne på discot, Moa! Det får du inte göra, du är min! Du tillhör mig och ingen annan!

Dörren slår upp igen och ut kommer Mia och tätt efter kommer ytterligare en person, en lång kille som verkar berusad. Hon verkar vara irriterad, ser han. Han tar ett omtag om kameran för att få bättre fäste om den. Händerna är kalla och det är svårt att röra fingrarna i det gråkalla vädret. Han skärper sinnena och koncentrerar sig till max nu när han ser Mia för första gången under kvällen. Med vänster hand zoomar han in henne så mycket det går och tar ett par bilder.

Gud, vad hon är vacker ikväll! Den nya jackan, hon har på sig den! Var inte för nära cigarettröken, Moa, det kan sätta sig i ditt vackra hår! Men vad är det för en idiot som försöker fånga din uppmärksamhet hela tiden?! Säg till honom att du inte är intresserad. För det är du inte! Vad han larvar sig. Vad håller han på med egentligen, han har ingenting med dig att göra!

Det kokar i huvudet på mördaren när han ser hur Jakob håller på och larvar sig där nere utanför sidodörren där rökarna håller till och han är så arg att han skakar. Pulsen är lite över hundra, trots att han ligger ner och har gjort det en lång stund. Den borde snarare vara runt sextio. Med okontrollerade rörelser biter han sig själv i kinderna så att det börjar blöda, men han kan inte hjälpa det för ilskan är för kraftig. Känseln i axlarna och armarna börjar bli dålig, och han lägger för tillfället ifrån sig den avancerade systemkameran på en plastpåse som han lagt på marken bredvid sig och rör armarna med lugna rörelser för att få upp blodcirkulationen igen. Det går inte många sekunder innan han återigen håller upp kameran och ser på vad som händer med Mia, Robin och den långe killen. Det är en helt annan sak när Robin pratar med henne, för han vet att det är hennes brorsa och det är ganska okej att Robins kompis pratar med henne med, för de verkar bara vänner, har han förstått. Men den där långe killen som nu står och vinglar och tar på Mia hela tiden tål han inte och han får kämpa för att inte låta impulserna skena i väg, för han har god lust att springa ner och kasta sig över den långa killen och slå honom blodig. Han knäpper några närbilder på den långe och fortsätter se på vad som försiggår där nere vid dörren. Nu ser han hur den långe har vänt sig till Robin och de verkar diskutera hett, han kan till och med höra deras röster men inte vad de skriker till varandra. Nu ser han hur de börjar knuffa varandra och han ser hur Robin slår till den långe i magen. Det är nästan så mördaren tar ett glädjetjut när han ser vad som händer.

Detta är precis vad den långe fan förtjänar, ett kok stryk. Nej förresten. Det räcker inte med stryk. Han kladdade på Moa. Min Moa! Det svinet förtjänar att dö! Han slutade ju inte när hon bad honom att ta bort armen, den jävlen bara fortsatte!

Han lägger återigen från sig kameran på plastpåsen och stirrar ner i backen. Tankarna snurrar på honom i blint raseri. När han strax senare tittar upp igen ser han hur den långe sakta lunkar i väg från platsen rakt emot honom, men avviker efter några meter och verkar försvinna bort mot cykelvägen. Med en gång plockar mördaren ihop sina saker och reser sig sakta upp. Han tänker ha ihjäl den långe men vet ännu inte hur, för det här var inte planerat. Ikväll var ju bara förhoppningen att få se en glimt av en uppklädd Moa. Att mörda någon igen skrämmer honom inte. Han har gjort det en gång innan och det rör honom inte, tvärtom! Det kändes befriande att få bort någon som hotade honom från att ta Mia ifrån honom. Nu tänker han få bort en till. Men den gången i gymnasiet var planerad och idiotsäker, ingen kan spåra honom till det brottet, men nu...

Dö ska den långe jäveln, frågan är bara hur. Han kommer inte leva tills i morgon, det ska jag se till.

Det blir ikväll om bara rätt tillfälle ges, annars får han avvakta. Tankarna mellan att få bort hindret så snabbt som möjligt och att avvakta och planera in ett säkert tillfälle då mordet ska ske, gnager i skallen på honom medan han går på behörigt avstånd efter Jakob.

Om han bara tar en väg vid ett parti där ingen ser oss så tar jag honom. Måste hitta en pinne eller nåt. Måste ha ett tillhygge av något slag. Sten? En vass träbit? Kolla på honom! Vilken fjant han är, gå där och vingla och muttra, vilken looser! Han kan gott ha lite ont i magen för att han kladdade på Moa! Synd att inte Robin stack en kniv i honom på en gång!

Mördaren hör hur Jakob svär för sig själv och hostar där framme, ungefär femtio, sextio meter framför honom. Nu ser han hur en avbruten gren ligger som på beställning alldeles några meter framför honom. Han går fram och tittar närmare på grenen, men ser snart att den var alldeles för klen. Jakob viker av mot höger förbi ett hyreshus. Två yngre grabbar kommer cyklande förbi Jakob. De ser med en gång att han är överförfriskad och fäller någon spydig kommentar och skrattar åt honom, men Jakob bryr sig inte. Han verkar ha ont i magen och han mår troligtvis väldigt illa. Troligtvis fick Robin in två riktigt hårda smällar på honom, men mördaren tycker det var alldeles för milt. Men det ska han ändra i natt om bara tillfället ges.

Den långe ska lida. Rejält. Man rör inte min Moa ostraffat! Den jäveln tog i henne med sina smutsiga långa fingrar... Det var sista gången, det ska jag se till...

Jakob passerar ytterligare tre hyreshus och nu vet mördaren hur han ska gå till väga för att ha ihjäl honom. *Det hade nog räckt med den lilla klena pinnen trots allt. Fan! Måtte han fortsätta en bit till, helst fortsätta bredvid ängen där borta, där är det knappt upplyst.*

Mördaren knäpper med sina leder på samtliga fingrar och ser samtidigt hur Jakob stannar till och kissar på ett staket. När han är klar svär han något och sparkar till en läskflaska så att den går sönder. Det ekar mellan husväggarna, men ingen märker något för ingen människa är i närheten och alla lamporna i fönsterna är släckta. Med raska men tysta steg ökar mördaren steglängden så han kommer närmare och närmare. Båda fortsätter gå framåt och Jakob väljer vägen längsmed ängen och detta vägval kommer snart att leda till hans död.

Jakob Bergfelt, sjutton år och åtta månader, storebror till Linnea sju år och Elsa fjorton år, upplever sin sista timme på Jorden på ett fruktansvärt tragiskt sätt. Olyckligt kär blir han slagen i magen och spyr, går därefter mot sitt hem men blir stoppad av en svartklädd man som frågar om cigg. Jakob nekar först men ångrar sig när mannen erbjuder honom femtio kronor om han får två cigg och eld. Jakob letar i innerfickan efter sitt Marlboropaket. När han tar ut paketet och lyfter blicken mot den svartklädde mannen, sticker denne upp en trasig glasflaska djupt in i halsen på honom. Samma glasflaska som han nyss hade sparkat sönder i vrede när han hade tänkt på hur kvällen artat sig. Det finns ingen möjlighet att skrika då flaskans vassa egg trasar sönder stämband och struphuvud på honom. Jakob hinner endast få fram ett tyst kvidande innan han blir träffad av en hård spark i skrevet av mannen. Glasbiten har täppt igen luftstrupen och hur mycket än Jakob försöker andas, så kommer ingen luft ner till hans lungor. Han får panik och det svartnar för ögonen. Ett sista gurglande ljud hörs när mördaren drar ut glasflaskan ur halsen och det rinner stora mängder blod ut från såret i halsen och ner på marken. Mördaren ser sig om men ser fortfarande ingen i närheten. Så snart Jakob är död, tar mördaren och petar ut ögonen på honom med sina bara händer. Under denna händelse hörs det ett omänskligt, nästan djuriskt läte ur mördaren, blandat med en min av vällust och njutning. Hans ögon är uppspärrade. Han dreglar rakt ner på Jakobs kropp, men märker inte det själv. Därefter släpar han in hans stora tunga kropp en bit in under en rhododendronbuske.

Nu när Jakob är död och kroppen gömd börjar lugnet infinna sig igen hos mördaren, för han som kladdade på hans Moa finns inte längre. Andetagen blir återigen lugna och regelbundna och han tar av sig handskarna, torkar bort dreglet från sin mun och fiskar upp sin mobil. Det tar ungefär tio minuter innan mördaren är hemma på sin gata och han tänker att han hinner nätt och jämt lyssna på "Adagio in G minor" i hörlurarna för att komma i om möjligt ännu bättre stämning. När han kommer hem har han mycket att rengöra men det bryr han sig inte om nu, för nu ska han bara njuta av vad han har åstadkommit i den fuktiga och kalla natten.

Kapitel 10

Klockan är två på natten. Alla kläder som mördaren hade på sig ute ligger i tvättmaskinen. Kameran är avputsad från smuts, skorna är rengjorda och han ligger i sin säng och försöker sova, men kan inte. Det har varit en händelserik dag för honom och nu ligger han och grubblar på det som varit. Han tänker på tiden på det där sjukhuset han blev placerad på efter händelsen på dagis. Hans föräldrar sa att han led av en psykos. Då, på sjukhuset mindes han ingenting av händelsen med Moa. Då var allt i en enda stor dimma. Han varken pratade eller var särskilt medveten om vad doktorerna sa. Det var långt senare som minnena kom tillbaka. Sen kom aggressiviteten och utbrotten. Doktorerna skrev ut konstiga tabletter på löpande band. Vissa av tabletterna gjorde att han glömde bort saker och ting, några gjorde honom trött och dåsig. En tablett gjorde honom så aggressiv att han hamnade i slagsmål på varenda rast. Det var inte en skola han inte hade fått byta till i staden han bodde i och ingen ville vara hans kompis. Det var först när han började i högstadiet när han på eget bevåg slutade att ta sina mediciner som tankarna klarnade något. Minnena från dagis kom tillbaka, men med dem kom även ångesten. Han fick nya tabletter för att döva ångesten och han hankade sig hjälpligt fram genom högstadiet och vidare till gymnasiet. Han blev en orolig grubblare som såg sin enda trygghet i lugnande tabletter. Under hela sin skolgång hade han kontinuerlig kontakt med psykologer. Hos dem kunde han ibland prata ut om vissa känslor, men en hel del behöll han för sig själv. Fram till gymnasiet hade han varit rädd för tjejer, men sedan blev han alltmer nyfiken på dem men alltid när han försökte ta kontakt med tjejerna i klassen, blev han förlöjligad och dumförklarad. Han visste ju inte hur han skulle bete sig gentemot dem. En blandning av förakt och nyfikenhet för tjejer fick honom att undersöka dem närmare via internet, men tjejerna på internet var aldrig som de i det verkliga livet. De få tjejer han fattade mot till sig att kontakta, tröttnade ganska snabbt på honom.

I sängen ligger han nu på rygg och stirrar upp i taket. För en halvtimme sedan tog han en dubbel dos av Stilnoct, men de har inte börjat hjälpa ännu. Tankarna går även till det som hände för ett och ett halvt år sedan, på den där drömmen han hade om Moa. Den hade varit så otroligt verklig! Det var i drömmen han såg hur Moa såg ut som vuxen. Hon hade talat till honom att hon lever och att hon var återfödd i en annan kropp och att hon hade vuxit upp i en kropp som hette Mia som bodde i Västervik. Det var då han visste vad han skulle göra, han skulle säga upp sig från sitt jobb som säkerhetsansvarig på IT–avdelningen på Kommunen i Ånge. Där uppe på jobbet visste ingen vem han egentligen var, där hade han spelat rollen som vad folk i allmänhet kallar normal, väldigt bra. Där försökte han bara göra sitt jobb och hålla en så låg profil som möjligt. Folk på hans arbetsplats skulle nog beskriva honom som lugn, tillbakadragen, noggrann men lite knepig och som inte verkar ha många vänner. På fikarasterna satt han mest och lyssnade på de andra, men svarade alltid artigt på frågor, om han fick några. Men för hans egen del så kunde han lika gärna sitta och fika inne på sitt kontor själv, han hade inget som helst behov av att umgås med de andra. Ingen visste om hans sjuka böjelser för renlighet, perfektionism och flickor på nätet. Böjelser som hade vuxit sig allt starkare från mitten av gymnasiet och framåt. Men det var inte vilka flickor som helst som intresserade honom – de skulle likna Moa, hans Moa Bergström från hans barndom! Dessa böjelser som sakta blev starkare och starkare under årens gång och som till slut blev till tvångstankar. Men med hjälp av Klomipramin höll han de värsta tankarna i schack och när det var riktigt besvärligt och han blev aggressiv och stressad så tog han Stesolid och ibland Sobril. Och så Zoloft förstås. Ofta kunde ett par 25-milligrammare Atarax slinka ner till frukost med på ren rutin. Stesolid och Atarax var inga problem att få tag på via nätet, det hade han gjort många gånger, för de doserna han fick utskrivet av sin doktor tog slut alldeles för snabbt. Föräldrarna visste om att han var annorlunda och att han gick hos psykolog och åt Zoloft, men det var ungefär det de visste. De visste förstås att han aldrig blev riktigt sig själv igen efter att ha sett sin lekkamrat brinna upp mitt framför ögonen på honom, men de var så glada och tacksamma att han hade fått ett fint jobb, att det verkade ha ordnat upp sig för deras son. Jobbet som säkerhetsansvarig passade honom perfekt. Där kunde han få vara ifred på sitt eget lilla kontor, och i rollen som säkerhetsansvarig gjorde att han inte direkt hade några kollegor att bolla frågor med, utan satt mest själv på sitt kontor och skötte sina arbetsuppgifter. Egentligen var hans kontor i perfekt ordning, men ifall någon skulle komma in och kommentera perfektionen, brukade han ha ett anteckningsblock och ett par pennor ligga lite på snedden på skrivbordet. Han hatade det, men tyckte att det var ett nödvändigt ont.

Beskedet om hans uppsägning kom nog för de flesta på hans avdelning som en chock, men att säga upp sig och flytta ner till Västervik där Moa fanns vad det enda rätta. I natt tänker han också på vilken otrolig tur han har haft, som träffade Moa i drömmen. Tänk att hon uppenbarade sig för honom i en dröm! Och att hon lever, fast i en annan kropp, för det sa hon ju. Efter drömmen om Moa, läste han på om pånyttfödelse, eller reinkarnation som det kallas. Personer kan komma ihåg att det levt ett tidigare liv och mördaren är helt säker på att om han bara kan komma i kontakt med tjejen i Västervik som liknar Moa så kan hon säkert komma ihåg honom. Om han bara kan få henne att förstå att hon egentligen är Moa Bergström som tragiskt omkom i en olycka för så många år sedan, så kanske hon kan förlåta honom för vad som hände. Det var ju inte meningen att hennes hår och kläder skulle fatta eld! Han är ganska säker på att Moa skulle ha förståelse för att det var en olycka och då skulle de ju kunna bli tillsammans igen, såsom de en gång var när de var små. Om han bara hittar henne. Och det gjorde han till slut. Med hjälp av sociala medier fann han till slut en tjej som såg på pricken ut som Moa. Hon hette Maria Lennersjö och gick i andra ring i Västerviks Gymnasium. Samma vackra hårfärg, samma tindrande blå ögon. Visst, mycket hade förändrats såklart på alla år, men visst var det Mia som Moas själ hade pånyttfötts i, det fanns ingen tvekan om den saken.

Kapitel 11

Det är lördag morgon och Robin har ställt larmet i mobilen på halv nio. Det ska räcka för att hinna vakna till, slänga i sig lite frukost och ta cykeln ner till Bökensveds idrottsanläggning där innebandymatchen ska spelas. Men han vaknar fem minuter innan mobilens larm går i gång och bara några sekunder senare slår det honom vad som hände igår kväll. Han spöade Jakob Gunnarsson i trean! En kall kår går längs ryggraden och han känner genast ångestkänslor.

Vad fan har jag gjort?! Det här var inte bra. Fast han får fan skylla sig själv. Mia sa till honom flera gånger att låta bli, men han lyssnade inte och inte slutade han heller när jag sa till honom och det var han som började attackera mig, inte tvärtom. Nä, han får fan skylla sig själv. Undrar vad mamma och pappa ska säga… Antingen får jag skäll av dem för att jag har varit i slagsmål eller så får jag beröm för att jag stod upp för Mia och skyddade henne. Skit samma, jag tycker att jag har gjort rätt för mig.

Han går ner för trappan och han hör att de övriga är uppe och sitter i köket och pratar. Han hör att Mia också sitter där.

Okej, då vet de redan vad som har hänt.

– Är det slagskämpen som har vaknat? hör han Conny säga. Tonläget på Conny gör att han slappnar av, han lät inte arg i alla fall.

– God morgon, säger Robin och gäspar.

– Mia har berättat allt. Vi tycker du gjorde helt rätt, säger Ritva och reser sig upp och ger honom en kram.

– Undra om Jakob säger detsamma, svarar han och sneglar med ett leende på Conny och Mia.

– Usch, det är aldrig roligt med bråk men du ska veta att mamma och jag tycker att gjorde helt rätt. Sätt dig så får du kaffe. Vi vet att du inte är den som bråkar, men i det här fallet gjorde du helt rätt. Det tycker både jag och pappa.

– Haha, min brorsa är en slagskämpe! säger Lisa glatt och tar en tugga på polarkakan.

– Nej det är jag verkligen inte, snäser han tillbaka och tar en slurk av det varma kaffet.

– Han kanske ger igen på mig på måndag, vem vet? suckar han.

– I så fall är han ju jäkligt korkad. Då går jag till rektorn i så fall, säger Mia.

– Jag kanske kommer förbi och kollar på matchen sen. Jag och Lisa ska gå en sväng på stan. Hon behöver nya skor, säger Ritva och drar åt repet på morgonrocken.

– Visst, gör så, svarar Robin. Aningen stressad slänger Robin i sig kaffet och ett par ostmackor. Tjugo minuter senare sitter han på sin cykel med sin träningsväska och väskan med tre innebandyklubbor i. Det är återigen en dag då regnet hänger i luften. Fiskmåsarna skriar med sina gälla läten långt nere vid hamnen. En och annan bil kör förbi medan han cyklar mot idrottsanläggningen och han tänker tillbaka på tiden från i somras då han och Lalla lånade Lallas pappas motorbåt. För första gången lånade

Stickan ut sin Aquador 26 HT till dem och lyckan var total. De hade kört upp till Hasselö och sovit över vid gästhamnen där. På kvällen hade de druckit ett par öl med några vänner de träffade på ön. Vädret hade varit varmt och soligt och han minns att de tog ett kvällsdopp från båtens badbrygga i solnedgången. Morgonen därpå hade de kört ut en bra bit i skärgården och testat Lallas nya vattenskidor. Men nu är vädret kallt och ruggigt och han har inte alls lust att spela någon match idag. Motivationen inför matchen är lika med noll, för tankarna går mest till gårdagskvällen.

Jävla pisskväll igår. Slagsmål med Jakob… Fan, jag som hade halva inne på Stina precis när han kom ut och började dryga sig. Jaja, så kan det gå. Men det går väl flera tåg hoppas jag. Hon verkar ju i alla fall intresserad, helt klart.

Inne i omklädningsrummet träffar han de andra i laget, men Lalla har inte dykt upp ännu. Många vill diskutera gårdagens händelse, och Robin berättar motvilligt sin version. Tränaren kommer in och de går igenom taktiken inför dagens match och snart är de alla ute på planen och spelar. Det dröjer inte länge förrän motståndarna gör första målet och Robin är frustrerad, precis som hans lagkamrater. Lagkaptenen pushar på och han hör hur tränaren ger några direktiv från bänken. Efter ett uppspel och ett misslyckat skott jobbar han hem igen mot egen planhalva och han tittar till mot avbytarbänken som hastigast och får se tränaren stå och prata med två poliser. Strax därpå vinkar tränaren mot Robin att han ska komma. Han blir först helt stel i kroppen och han får fjärilar i magen.

Vad fan är det nu? Har Jakob polisanmält mig? Fan också. Om det är så, så ska allt polisen få höra min version, tänker han och joggar ut från planen och bort till tränaren där poliserna står, med ett visst pirr i kroppen. I ögonvrån ser han hur hans lagkamrater surrar i bakgrunden och de på läktaren likaså och han känner att situationen är riktigt pinsam.

– Robin Andreas Lennersjö? Lennart Malm, kriminalinspektör på Västervikspolisen, det här är Tim Carlström, polisassistent. Vi skulle vilja ställa några frågor till dig. Därför vill vi att du följer med oss ner till stationen.

– Jaha. Med en gång?

– Med en gång. Ta bara på dig byxor och tröja lite snabbt, säger inspektören med lugn men ändå bestämd röst. Matchen har pausat och alla blickar riktas mot Robin och poliserna, som nu går in i omklädningsrummet och försvinner tillsammans med Robin.

– Får jag fråga vad det rör sig om? frågar han och försöker låta lugn och något nonchalant men den spruckna rösten avslöjar hans nervositet.

– Vi tar det på stationen, säger inspektören, fortsatt med samma lugn och bestämdhet i rösten.

– Absolut. Behöver jag någon advokat eller? frågar han.

– Du har nog sett för många amerikanska serier. Vi vill bara ställa några frågor till dig. Du är ännu inte misstänkt för något brott, säger Tim och försöker dölja ett lätt flin. Det hela går lugnt och stilla till och snart kliver de ur polisbilen som har parkerat nere i garaget på polisstationen på Breviksvägen 35. Poliserna är helt tysta under bilfärden och Robin säger ingenting han heller, men han funderar på vad Ritva och Conny ska säga. Det ekar i det stora mörka garaget och de går bort mot en dörr som leder till ett trapphus och vidare upp i polishuset. De går längs en korridor med kontor på sidorna och kliver in i ett rum som är markerat med "FÖRHÖRSRUM 2" på dörren. Pulsen stiger och han känner sig illa till mods. De visar stolen där han ska sitta och Lennart Malm sätter sig mittemot honom. Polisaspiranten står snett bakom honom med armarna i kors. Förmodligen är han här för att lära sig förhörsteknik, hinner Robin tänka innan Malm börjar prata och han inleder med en djup suck medan han knäpper händerna framför sig på bordet.

– Jaha Robin Lennersjö… vi skulle gärna vilja att du redogjorde för vad du gjorde från klockan 23.00 igår kväll fram till i morse klockan 09.00.

– Jag antar att jag är här för att jag var i slagsmål mot Jakob Bergfeldt, svarar Robin.

– Jag vill inte att du ska anta någonting, utan svara bara på frågan. Vad gjorde du igår kväll klockan 23 och fram till i morse klockan 9? upprepar kriminalinspektören.

– Ja, förlåt… jo jag hamnade i slagsmål igår kväll utanför discot som var i idrottshallen på gymnasiet. Jag vet inte exakt vad klockan var tyvärr, men förmodligen runt elvatiden skulle jag tro. Det var jag och några andra till utanför en sidodörr där man får gå ut och röka, bland andra min syster Maria och Jakob. Han var berusad och var ganska närgången på Mia. Hon sa till honom flera gånger att han skulle sluta tafsa men han struntade i det. Jag sa också till honom och då blev han aggressiv och knuffade mig. Jag kände mig trängd och försvarade mig genom att slå honom i magen. Men jag kände att jag inte hade något val, suckar Robin och ser ner i bordet.

– Fortsätt.

– Ja, efter det så såg vi att Jakob verkade gå därifrån och vi gick då in på discot igen. Vi var kvar där till det stängde klockan 1. Jag och Mia tog sedan sällskap hem. En kompis till mig gjorde oss sällskap en bit på vägen, Lars Larsson heter han. Jag skulle tro att vi var hemma senast halv två på natten. Sedan gick vi och la oss. Får jag fråga en sak?

– Visst, svarar Malm.

– Kommer jag få böter för att jag slog till Jakob? frågar han oroligt. Malm tar sig på hakan, sneglar snabbt på sin kollega och dröjer en stund med svaret.

– Du är inte här för att Jakob har polisanmält dig. Du är här därför att Jakob Bergfeldt är död. Han hittades mördad på en cykelväg ungefär tio minuters gångväg från ditt hem, svarar Malm. Robins ansikte blir askgrått och han sväljer hårt. Sedan börjar han svettas.

Kapitel 12

En timme senare lämnar en skakig Robin Lennersjö polisstationen. Kriminalinspektör Malm anser att Robin har tillräckligt med alibi för att bli släppt tills vidare. Samma dag blir även Mia, Lalla och fyra elever till från gymnasiet förhörda nere på polisstationen, men ingen av dem blir misstänkta för mordet på Jakob Bergfeldt. Övriga i familjen Lennersjö tycker att hela händelsen med mordet och att deras barn blir kallade till förhör är mycket obehagligt och stämningen hemma på Sjöviksvägen är dämpad resten av helgen. Varken Conny eller Ritva tror naturligtvis att något av deras barn har något med mordet på Jakob att göra, snarare att det är samma mördare som hade ihjäl Frans Karlsson.

Rubrikerna i måndagens tidning kan inte bli större än vad de är. Att det inom bara tre veckor sker två mord i lilla Västervik är århundradets nyhet här och överallt pratas det om händelsen. Polisen intervjuas i lokal-tv och i tidningarna och de uppmanar återigen allmänheten att ingen bör gå ensam efter skymningen och helst inte vara ute efter mörkrets inbrott över huvud taget. Västervikspolisen har fått beviljat extra resurser från Kalmar och i gymnasiet finns det numera tre väktare dygnet runt för att elever och föräldrar ska känna sig säkra och trygga.

Rektorn kallar under måndag morgon till samling i aulan och håller ett långt anförande angående de båda morden. Slutsatsen från honom är att skolundervisningen kommer att fortsätta som vanligt, till skillnad att det kommer finnas extra väktare dygnet runt i skolan. All aktivitet i skolans byggnader efter skoltid såsom sånglektioner och teater och dylikt kommer att upphöra snarast och återupptas först när mördaren är fast. Det hålls ett tal till minne av Jakob samt en tyst minut, där chockade elever gråter och håller om varandra i aulan. Mia och Robin får inte längre cykla till skolan utan blir skjutsade av föräldrarna tills vidare, är det bestämt. Ritva bryter senare på måndagskvällen ihop och tänker på om det hade varit något av deras barn som hade mördats. Mia får åter svårt att sova och får ta några av Ritvas Imovane igen. Tabletterna hjälper men tar snart slut och Mia får tid hos doktorn för att försöka få ett eget recept på sömntabletter. Några tittar snett på Robin veckan som kommer i skolan, då många vet att han var i slagsmål med Jakob samma kväll som han dog. I tidningarna går det att läsa att polisen inte hittar några direkta spår på förövaren, men att de fortsätter sökandet.

Det är torsdag kväll och Robin och Lalla sitter nere på McDonalds och äter en varsin Big Mac. Lallas pappa Stickan har lovat att hämta dem vid Fiskaretorget klockan halv åtta. Stickan vill absolut inte låta grabbarna gå hem själva efter allt som har hänt och han gjorde tidigare upp med Ritva om att hämta grabbarna på stan. Utanför restaurangen syns inte en enda person. Det är kolsvart och mulet, hela staden verkar ligga i någon slags otäck dvala efter allt som hänt. En bil stannar till utanför och två ungdomar kommer in och ställer sig vid kassan. I övrigt är det tomt på restaurangen, liksom de flesta andra matställen. Både Robin och Lalla börjar bli trötta på att inte polisen får tag på mördaren och det tär på deras psyken att gå och vara oroliga hela tiden. Dessutom vill de kunna röra sig fritt igen utan att behöva försöka ordna skjuts av någon så fort de vill ta sig någonstans. Lalla är märkbart irriterad denna kväll.

– Alltså, nu får polisen göra någonting. Inte ett spår från mordet på Frans och inte ett spår efter Jakobs mord! Hur svårt kan det vara? Inte för att jag är någon polis, men någonting borde de väl ändå ha hittat vid det här laget? utbrister Lalla och sippar på sin cola. Robin gräver i sin pommespåse och nickar instämmande.

– Helt sjukt. Om de ändå hade sagt att de har ett spår, ett signalement på någon, men ingenting! Märkligt…

– Tror du att det är någon vuxen som har gjort det? Eller är det någon elev, tror du?

– Jag ger mig fan på att det är en elev, säger Robin och dippar ett par pommes i ketchupen.

– Varför tror du det?

– Vet inte, bara en känsla. Tänker på alla de där skolskjutningarna i USA där det brukar vara en elev som skjuter andra elever, fast oftast brukar det ju sluta med att mördaren tar självmord. Fast här är det ju inte riktigt samma sak, det är ju inte fråga om någon massaker, säger Robin.

– Nä långt ifrån, det här verkar ju planerat.

– Planerat? Hur kan du vara så säker på det? frågar Robin förvånat.

– Därför att polisen inte har hittat några som helst spår. Om det hade varit ett spontanmord så hade det helt säkert funnits bevis på brottsplatsen, tror du inte det?

– Ja det lär nog ha varit planerat. Heter det inte överlagt mord när det är planerat? frågar Robin.

– Jo. I alla fall om man ska tro på vad de säger på CSI Miami, flinar Lalla och tar den sista tuggan på hamburgaren. Robin vänder sig över bordet och pratar med lägre röst och ser allvarlig ut.

– Men låt oss säga att det är någon jävel i skolan, vem skulle det kunna vara i så fall?

– Hmm, kan det vara någon lärare, eller ska vi utesluta dem? frågar Lalla.

– Nä vi utesluter inte dem tycker jag. Det finns några skumma lärare faktiskt.

– Fast mattanterna och vaktmästaren kan vi nog ändå utesluta. Börje var ju han som hittade Frans ju. Och mattanterna tror jag fan inte på alltså…

– Nä du har nog rätt, de utesluter vi. Den där SO– läraren som Mia har tycker jag verkar mysko. Har du inte sett hur han går? säger Robin.

– Men du kan väl för fan inte misstänka någon bara för att han går fult?

– Nä men det är inte bara det, han har ju svart halvlångt hår fullt med brylkräm, han är ju ändå i sextioårsåldern. Och så åker han runt i en sån där liten löjlig liten bil, vad heter märket?

– Du menar Hundkoja? frågar Lalla och dricker upp den sista colan.

– Precis. Håll med om att han är mysko.

– Okej då. Någon annan? frågar Lalla och tittar på klockan som visar kvart i sju.

– Kan det vara den där bög–vikarien, han med de plockade ögonbrynen? Han måste vara bög va? Du vet han som undervisar i historia, säger Robin och ser både allvarlig och frågande ut.

– Nä det kan inte vara han. Bögar mördar inte, de smörjer in sig med handkräm och dricker kaffe latte med sina bögkompisar på stan om kvällarna, ler Lalla.

– Inga fördomar här inte, flinar Robin och går och beställer en cola till samt en chokladmunk.

– Ska du ha något? frågar han och vänder sig om.

– Ta en munk till mig. Choklad. Jag swishar dig sen.

– Nja, jag tror nog ändå på att det är en elev, säger Robin när han kommer tillbaka till bordet.

– Ja kanske. Fan vad äckligt att någon i vår ålder går omkring och har ihjäl folk. Undrar i så fall vad syftet är? Vad kan Frans och Jakob ha gemensamt? undrar Lalla och hugger in på munken som kladdar ner hans mun med choklad. Robin sträcker plötsligt på sig och spärrar upp ögonen.

– Precis! Om vi bara kan hitta en gemensam nämnare på de två så kanske vi kan hitta mördaren.

– Tror du inte polisen har tänkt på det, ärtskalle? säger Lalla trött.

– Jo. Men vi kanske känner till eleverna på skolan bättre än bylingen. Ärtskalle. Men återigen; Frans. Kan han ha gjort någonting som får någon att vilja mörda honom? Kan han ha vetat om någonting som inte han bör veta? Eller var han knarklangare? Eller sålde illegal sprit, kanske? Robins ögon är intensiva och uppspärrade. Han vill så gärna veta. Han behöver veta. Inte bara för sig själv, utan för sin familjs säkerhet, för allas säkerhet.

– Tänk om det trots allt är någon i teatergruppen? Ska vi fråga Mia om det finns någon i gruppen som hon kan tänka sig velat Frans något ont?

– Jag har redan frågat. Finns ingen. Frans var omtyckt i gruppen. Av alla. Dessutom var han en sådan som man bara inte störde sig på och han var aldrig stöddig heller. I så fall tror jag mer på att han kanske hade fått nys om någonting som han inte borde känna till. Fast i och för sig…

- Vaddå? undrar Lalla nyfiket.

- Frans gillade sån där gammal syntmusik som ingen lyssnar på nuförtiden, men det är väl ingen som kan reta sig så pass mycket på det att man vill ha ihjäl honom för det? Eller?

- Nej för fan. Måste vara nåt allvarligare i så fall. Han visste kanske något som han inte borde veta.

– Ja… I så fall måste det vara till exempel jävligt känslig information, ifall någon till och med mördar honom för att han inte ska sprida informationen vidare. Fast det kan vi ju aldrig ta reda på, eller hur? suckar Lalla.

– Förresten, på tal om ingenting, när ska din farsa sjösätta båten?

– Det brukar han alltid göra första helgen i maj, hur så?

– Det vore fränt om vi kunde åka lite med den som vi gjorde förra året, suckar Robin.

– Jamen det ska vi göra. Vi får låna den, det har han sagt. Bara vi är försiktiga så. Tror du inte Stina och Karin vill hänga med på en tur? Båten skäms ju inte för sig direkt, säger Lalla skrytsamt.

– Karin? Sedan när är du kåt på Karin? Hon är ju inte blond? säger Robin förvånat.

– Jag är väl inte direkt kåt på henne, men hon är ju inte ful alltså. Dessutom var hon riktigt trevlig på förfesten. Vi pratade en hel del där. Fast det märkte väl inte du, för din blick hade ju låst sig på Stinas pattar! Och det hade ju dessutom passat bra eftersom hon och Stina känner varandra och Stina och du är väl snart ihop, det är väl bara en tidsfråga, retas Lalla.

– Jo, jag hoppas verkligen det. Det kändes ju som att det var på gång på discot sist, ända tills den där jävla Jakob dök upp. Men det där med båtfärden måste vi planera in, det lät som en bra idé. Fast vi kan ju åka lite själva också, bara för skojs skull? Du vet ju att jag betalar bensinpengar. Minns du Hasselö förra året? Fan va gött det var! Lalla skiner upp som en sol och sträcker på sig.

– Bland det bästa på hela sommaren! Absolut, visst ska vi åka själva med, det tycker jag. Nu står farsan utanför, är du klar?

De kom inte mycket längre i tankarna än så just då, men de kom överens om att göra ett allvarligt försök att på egen hand finna vem som mördade deras skolkamrater, dels för att de var trötta på att leva på helspänn hela tiden och dels för att de inte tyckte polisen gjorde några framsteg. Följande tre veckor försökte de träffas efter skoltid så ofta de kunde för att försöka kartlägga vem mördaren kan vara. De uteslöt varken lärare eller övrig personal, inte ens mattanterna och vaktmästaren Börje, men dessa avskrevs relativt snabbt. Åtminstone tills vidare. Ibland kunde de inte hålla sig till dessa diskussioner till kvällarna utan satte sig under rasterna vid någon enskild bänk och diskuterade ifall de hade kommit på någon de tyckte verkade skum. Naturligtvis hade de i åtanke att det kunde vara någon helt annan person som inte alls hade med skolan att göra, men enligt vad de trodde så var det någon som hade med gymnasiet att göra.

Kapitel 13

Det är tisdag den 23 april. Robin och Lalla har lunch och Robin ser att hans kompis verkar spänd och är väldigt tystlåten medan de äter järpar med sås och potatis. Som vanligt sitter de mitt emot varandra bland många av deras klasskamrater i den högljudda matsalen.

– Vad fan är det med dig idag? Varför tjurar du? frågar Robin irriterat. Lalla svarar inte på frågan utan lutar sig framåt över bordet.

– Du vet den där Niklas Lekander som går i ettan? viskar Lalla, men Robin ser frågande ut.

– Han den där enstöringen som går Medieprogrammet? Han som ser ut att ha ärvt sin morfars kläder, går ofta omkring i en brun slipover och pratar för sig själv? fortsätter Lalla ivrigt men pratar tyst så ingen annan kan höra.

– Jaså, han. Ja, han är skum. Men bara för att är skum så innebär inte det att han går omkring och mördar folk, eller hur?

– Nä. Men om vi nu båda tycker han är skum så borde vi väl kolla upp honom, tycker du inte det? säger Lalla. De blir klara med maten och reser sig för att lämna tallrikarna.

– Kolla hans underarmar, han har skurit sig. Syns tydligt. Inte ofta han visar dem, men jag såg det en gång när jag gick förbi hans skåp. Han tog av sig en tröja och då åkte skjortärmen upp och då såg jag fullt av en massa ärr på armarna, säger Lalla nästan lite för högt medan de skrapar av matresterna.

– Okej, okej. Vi tar och kollar honom, men hur? frågar Robin medan de lämnar matsalen och går ut på innergården där de kan prata ostört.

– Jo, när han har idrott så går vi in till omklädningsrummet och ser om han har sina skåpsnycklar i fickan. Om han har det så lånar vi dem och sticker fort som fan upp till hans skåp och kollar om vi märker någonting som kan verka konstigt. Vad tror du om det? frågar Lalla medan de slår sig ner på en bänk.

– Hmm, att sno nycklar tycker jag verkar ganska kriminellt. Tänk om vi blir påkomna? säger Robin oroligt.

– Vi snor dem inte, vi lånar bara. Det hela går ganska fort. Någon av oss smiter ut från en lektion och låtsas gå på toan, men då springer vi fort som satan ut till idrottshallen och ser om vi hittar hans nycklar. Om vi gör det så springer vi lika fort tillbaka och snokar i hans skåp och sedan tillbaka med nycklarna igen.

– Men vad ska vi leta efter då?

– Inte fan vet jag! Efter något som ser misstänksamt ut. Vad säger du? Ska vi göra så? Tänk om det är han som är mördaren? frågar Lalla upphetsat. Tankarna snurrar runt i Robins huvud och han funderar på om hela den här idén med att de själva ska försöka hitta en mördare är så himla bra. Ska de verkligen springa runt och leka småpoliser? Ska de göra allt det här för att de är rädda för mördaren, eller till och med rädda att själva bli mördade? Eller är det i själva verket för att de tycker det är spännande? Han tvekar på vad han egentligen tycker om alltihop. Efter en snabb överläggning med sig själv kommer han fram till att om de gör lite enkel research här och där, kan väl det inte skada. Och om de nu lånar den där Niklas Lekanders nycklar i fem minuter utan att han märker det så är väl det inget stort brott. Och om det sedan skulle visa sig att Niklas verkligen är mördaren, ja då har de ju gjort alla en rejäl tjänst. Han slår sig på knäna med båda händerna och ser på Lalla.

– Okej! Vi gör det. Du eller jag? frågar han.

– Jag kan gärna göra det. Vad gör man inte för lite spänning!

– Bra. Då är det ju bara att ta reda på när den skumme fan har idrott, säger Robin. De går bort till en anslagstavla där alla klassers schema sitter innanför en stor glasmonter och letar efter Medieprogrammets schema. Samtidigt ringer det i klockan och lunchrasten är slut.

– Skit också, vi måste skynda oss, vi har tyska nu. "Der Fürer" gillar inte när elever är sena till hans lektioner, flinar Lalla.

– Det ser ut som att han har idrott just nu. Han har just börjat sin lektion, säger Robin stressat och står framåtlutad mot anslagstavlan med näsan nära glasrutan.

– Fan, de här blev snabbt påkommet… Vi skyndar oss nu till tyskasalen och efter en stund låtsas jag på toan och så fort jag kommer utanför klassrummet så springer jag till omklädningsrummet som vi har sagt, säger Lalla medan de halvjoggar bort till sina skåp för att hämta tyskaböckerna. Mellan tyskasalen och idrottshallen är det cirka två hundra meter. Via en ytterdörr får man gå utomhus i femtio meter innan man når idrottshallens dörrar och sedan ligger omklädningsrummen bara ett tjugotal meter bort. Robin tittar på klockan. Den visar 12.17

vilket innebär att Niklas har haft idrott i sjutton minuter och kommer fortsätta ha det i ytterligare fyrtiotre minuter. På fyrtiotre minuter från och med nu måste alltså Lalla hinna ha lektion i några minuter, gå ut från lektionen, leta efter nycklar, springa tillbaka till Niklas skåp och sedan tillbaka med nycklarna och upp till lektionen igen. På fyrtiotre minuter. Robin tvekar, men Lalla verkar fortfarande tycka att idén är genomförbar. De öppnar dörren till tyskasalen. De är sist in. Snabbt och smidigt intar de sina respektive platser och slår upp sina böcker. Läraren Hans, som bland eleverna går under öknamnet "Der Fürer", delar ut stenciler med prepositioner som styr ackusativ och dativ. Sju minuter in i lektionen sneglar Lalla diskret bak mot Robin och reser sig sedan och går mot dörren. Hans ser undrande ut och Lalla viskar artikulerande "toa" mot Hans och går ut. Klockan är 12.24. Så fort Lalla stänger dörren bakom sig, springer han så tyst han kan längs korridorens mörkgrå stengolv och vidare bort i riktning mot idrottshallen. Två minuter senare är han inne i omklädningsrummet. Febrilt letar han efter den bruna slipovern som han vet att Niklas hade på sig tidigare under dagen. Han ser den inte först, men efter ett andra svep med blicken hittar han den. Med en hastig rörelse ser han sig om och försäkrar sig om att ingen ser honom när han gräver i Niklas byxor.

Bingo! Jag hittade dem!

Nyckelknippan med skåpsnyckeln ligger där han hoppats på. Nu finns det ingen tid att förlora. Fortast möjligt springer han tillbaka samma väg och vidare bort mot området där Niklas har sitt skåp och medan han springer ser han på nycken att skåpsnumret är 231. Snabbt lokaliserar han skåpet och låser upp. Ingen är i närheten, alla verkar ha lektion. Längre bort i korridoren ser han bara en städerska som inte gör någon notis om honom. Det har nu gått fem minuter sedan han lämnade lektionssalen och han börjar fundera på att det snart blir pinsamt att komma tillbaka till lektionen efter så här lång tid. Snabbt blickar han igenom skåpet utan att se någonting speciellt. Han öppnar ett anteckningsblock och skummar snabbt igenom den, men den verkar bara vara full av räkneuppställningar. På botten av skåpet står ett par gymnastikskor och på insidan av skåpsdörren sitter hans schema uppsatt med genomskinlig tejp. Lalla är besviken. Han snörper på munnen och låser skåpet och springer så snabbt han kan tillbaka med nyckeln. När han lägger ner nycklarna i Niklas byxor igen, känner han något hårt som slår emot baksidan av handen.

En mobil! Puckot har lämnat kvar sin mobil i byxorna!

Borta i lektionssalen börjar Robin känna hur svetten pärlas i pannan på honom. Han sneglar på klockan.

Nio minuter har gått. Var fan är han? Det blir ju bara pinsamt om han kommer tillbaka nu.

Framme vid katedern står Hans och pratar men Robin uppfattar inte ett ord av vad han säger. Allt han har i tankarna är om Lalla ska hinna lämna tillbaka nycklarna innan Niklas slutar sin lektion eller inte. Två minuter senare öppnas försiktigt dörren till tyskasalen igen och in smyger Lalla. Hans blänger surt på honom.

– Var det kö till toaletten? frågar han surt. Lalla tar sig för magen och grimaserar lätt.

– För många järpar, säger han och sätter sig på sin plats. Det går ett sorl av fnitter bland klasskamraterna, medan "Der Fürer" fortsätter att blänga ilsket. Han suckar men säger ingenting. Robin sneglar åt Lallas håll och försöker utläsa på hans min om han fann någon information eller inte. Lalla skakar försiktigt på huvudet och Robin förstår att de måste leta vidare, men han är ändå väldigt spänd på vad Lalla hittade i skåpet. Eller betydde hans huvudskakning "Jag hittade otäcka saker, det här bådar inte gott"? Så fort lektionen är över och de lämnar klassrummet petar Robin ivrigt på Lalla.

– Nå? Hittade du något eller inte? frågar han. Lalla skakar på huvudet.

– Nä, i skåpet fanns ingenting som tyder på att han är skum. Men sedan när jag skulle lämna tillbaka nycklarna i hans äckliga byxor, så upptäckte jag att han hade lagt mobilen där.

– Lägg av! Menar du allvar? Tittade du i den?

– Den var skyddad med en kod, men jag testade med "1234" först men det gick inte, så jag testade med "0000" och jag kom in! Vilken jäkla röta va? viskar Lalla medan de går tillbaka mot skåpen.

– Ja verkligen. Men vad fann du i mobilen då? Hittade du något skumt?

– Jag kollade direkt hans kalender och jag bläddrade tillbaka och kollade runt de veckor som både Frans och Jakob blev mördade och han hade noterat att han skulle vara hos sin pappa i Gamleby den helgen som Jakob mördades. Det stod typ "pappa hämtar mig kl 18" samma kväll som discot var och den veckan som Frans dog hade han noterat "sjuk" varje dag. Han hade till och med noterat vilken temperatur han hade varje morgon, knäppskallen. Varför skriver man upp sånt ens? undrar Lalla och slår ut med armarna frågande.

– Okej, då bör vi väl ändå kunna avskriva honom som mördaren…

– Det känns så. Vi får nog leta vidare, säger Lalla och ser hur Mia och Stina står och fnittrar borta vid sina skåp och han puttar till på Robin. Han ser hur de fnissar och viskar om vartannat och han förstår att någonting har hänt, något bra verkar det som. För en gångs skull.

– Pinsamma syrran… Hon fnittrar ju så hela skolan hör, muttrar Robin. Mia får syn på honom och springer fram och i handen ser han hur hon har en vit hopvikt lapp. Utan att säga någonting tar hon tag i hans arm och drar i väg honom en bit bort i korridoren där det inte är några elever. Han ser hur hela hon utstrålar en upprymdhet av något slag och han börjar bli riktigt nyfiken på vad som har hänt.

– Robin! När jag kom tillbaka till mitt skåp efter lunchen så ser jag att det sticker ut en lapp från mitt skåp. Gissa vad det står? frågar hon och försöker viska men det blir alldeles för högt.

– Ingen aning. Har du fått kicken från skolan? skämtar han.

– Skärp dig. Lyssna nu: **"Hej Mia, hoppas att allt är bra och att det går bra för dig på lektionerna. Jag har tänkt på dig ända sedan vi sågs häromdagen i biblioteket. Hoppas du inte tycker jag är för framfusig nu, men jag undrar om du möjligtvis skulle vilja ta en fika med mig någon eftermiddag? Om du inte vill och tycker jag är för gammal för dig så har jag full förståelse för detta, men dina vackra blå ögon gör att mitt hjärta slår dubbelslag och jag kan inte kan få nog av dem! Jag känner mig därför tvungen att fråga om du vill träffa mig. Vänligen, Ulf Strandmyr"**. Mia biter sig i läppen och ser på sin bror med uppspärrade ögon.

– Va?! Är det inte häftigt!? utbrister hon och hoppar till lite.

– Hehe, har bibliotekarien bjudit dig på fika? Han? Det hade jag inte förväntat mig! Men han verkar väl trevlig, eller? Han är ju väldigt lugn och så. Han passar ju verkligen som bibliotekarie om du förstår vad jag menar? Ska du tacka ja? Förresten, du behöver inte svara, jag ser på dig att du tänker svara ja, säger Robin och ler.

– Jo, det kan väl inte skada att ta en oskyldig fika på stan? Sen tycker jag faktiskt att han är lite söt. Inte som de andra barnsliga killarna här i skolan. Du vet ju att jag inte tänder på machokillar och det är han verkligen inte heller. Han verkar lugn och ordningsam. En fika på stan behöver ju inte betyda att vi blir ihop, men det kan ju vara intressant att lära känna honom lite bättre, eller hur?

– Jo. Visst. Han är ju definitivt bättre för dig än Jakob, säger Robin och gör en min.

– Men sluta, prata inte så om någon som inte lever längre! säger Mia och rynkar argt på ögonbrynen.

- Jag har snart lektion, jag måste dra nu. Måste försöka få i väg ett svar till Ulf. Vi ses hemma sen! Mia vinkar glatt och går tillbaka till Stina. Robin hade gärna gått bort till Stina och pratat med henne, men han vet inte vad han ska säga riktigt. Dessutom verkar hon mest intresserad av att prata med Mia om Ulf och den där lappen han skrev. Robin suckar och går bort till Lalla igen.

Stina, Stina, hur fasen ska jag göra för att nå fram till dig? Att det ska vara så jäkla svårt…

Kapitel 14

Eftersom det inte är vinter längre och alls lika mörkt ute, får Mia och Robin cykla till och från skolan igen, så länge de cyklar tillsammans. Det är varma vårdagar nu och temperaturen ute är behaglig. Längs cykelvägen på vägen hem ser Mia tussilago längs vägkanten. Det har börjat grönska på allvar och överallt spricker knoppar upp på olika träd och buskar. Det är en helt annan attityd nu i Västervik och staden som brukar gå i dvala om vintern har verkligen börjat vakna till liv igen. Nere vid båtvarven är det en hel del aktivitet. Presenningar dras av och det vaxas och putsas för fullt på många håll och kanter. Två som ser ut att vara far och son ligger och målar svart bottenfärg på en Regal 240, och någon sitter bara och tar en fika och myser i vårsolen medan talgoxarna kvittrar i träden.

Lallas pappa Stickan har cyklat ner till sin Aquador. Han jobbar treskift på pappersbruket och cyklade direkt ner till varvet bakom Notholmen där båten ligger. Den har han ägt sedan 2006, och när han separerade med Lallas mamma Ann-Katrin, köpte han loss den, för en sommar utan att få åka ut med sin båt var otänkbart för Stickan. Presenningen som täckte båten har han fällt åt sidan och han har gått igenom den så att inget har möglat under vintern. Med sig har han en termos med kaffe och en påse med Pågengifflar. Han väntar på sin son Lalla som ska komma ner till honom direkt efter skolan. Det lilla bordet som var undanstoppat nere i ruffen är upplockat och ordentligt avtorkat med ett par våtservetter, och på bordet står det två kaffekoppar i plast framme. Skorna är avplockade och han ligger lätt tillbakalutad mot de blå dynorna och hans ansikte värms upp av solens strålar. Det har hittills varit en helt underbar och vindstilla dag, årets varmaste hittills. *Man kan nog inte önska sig en mer perfekt vårdag än så här. Men vad fan hjälper det*, tänker Stickan och drar en djup suck där han sitter uppe i båten. Han tittar på klockan och konstaterar att Lalla när som helst borde dyka upp och just när han tänker det hör han ett "hallå" nedanför båten.

– Lars! Hej! Kom ombord, ler Stickan.

– Tjena. Jaha, då var det äntligen dags att börja fixa lite med pärlan då? säger Lalla andfått.

– Japp. En perfekt dag för att börja så smått. Jag har kollat alla kopplingar och kranar och allt verkar okej. Jag kom på att ett av batterierna var ju dåligt, så jag får köpa ett nytt vid tillfälle. De kommer och kollar motorn i morgon tror jag. Hur gick det i skolan idag? frågar Stickan och häller upp kaffet u termosen.

– Det gick bra.

– Läxor?

– Ja. Vi har engelskaprov nästa vecka, så jag har med mig några böcker hem, suckar Lalla och sätter sig och tar en giffel.

– Du är duktig du som tar skolan på allvar. Säg till om jag ska förhöra dig på något ikväll. Du kanske vill ha något annat nu än gifflar?

– Nä det är lugnt. Jag tar något hemma sen, gifflar blir bra.

– Bra. Det finns färdig middag hemma, bara att värma i mikron, säger Stickan och tar en mun kaffe.

– Du Lars, hur går det för Robin och Mia nu i skolan? Jag tänker på allt som har hänt och så… frågar Stickan och ser genast lite allvarligare ut.

– Jo det går bra tycker jag. Allt börjar bli som vanligt nu igen. Det har varit en jävla jobbig vår faktiskt. För alla. Tur att man inte kände Frans och Jakob bättre, för det hade varit jobbigt att gå på begravningar. Jag har bara varit på farfars, men jag var så liten då, minns Lalla.

– Ja usch ja. Begravningar är inget roligt. Men ibland är man tvungen, vet du, säger Stickan och flyttar undan sin långa lugg från pannan.

– Men Mia då? Det går bra för henne med då? Jag menar, hon är ju syster till den som bråkade med Jakob. Måste ju vara extra jobbigt för henne. Jag kan förstå om många tittade snett på Robin efter mordet på Jakob i och med att de hade bråkat samma kväll.

– Det är ingen större fara med Mia, förutom att hon känner som oss andra. Varför frågar du om henne? undrar Lalla något förvånat.

– Nä, jag bara undrar, svarar Stickan och ser lite dum ut.

– Ta mer gifflar nu, säger han och räcker över påsen till Lalla.

– Tack, det är bra nu. Jag ska inte äta för mycket, jag har träning om en timme.

– Ja just ja, det har du ikväll ja. Jag kanske kommer förbi och kollar en stund. Men det beror på om jag blir klar med båten.

– Visst, gör det.

Lalla njuter av den värmande vårsolen och skulle kunna vara kvar på båten ett bra tag till, men känner att han snart måste cykla hem igen. Innebandy är kul, men ibland kan det bli lite för mycket träning, tycker han. Men det går bra för honom på träningarna och han är en viktig spelare i laget, vilket han är fullt medveten om. Han ser ut över viken framför honom. Vattnet ligger alldeles spegelblankt. Ett svanpar simmar sakta lite längre bort.

Att bara sitta helt stilla och tyst och bara njuta av lugnet och solen är något man borde göra oftare. Det här var ju inte alls så tokigt. Jag ska nog börja sova över lite oftare i båten. Då ska jag gå upp tidigt och njuta av stillheten med en kopp kaffe. Inte tänka på varken tjejer, läxor eller innebandy. Nu förstår jag vad som menas när folk pratar om att ladda batterierna.

Bara för en månad sedan var det is i hela viken och det var fullt av folk som pimplade ute på isen. Träningskläderna ska packas och han vill gärna slänga sig på sängen tio minuter och vila innan han åker i väg på träning.

– Nähä, jag ska ta och bege mig hemåt igen. Tack för fikat.

– Inga problem, grabben min! Hoppas det går bra på träningen sen, säger Stickan med ett leende medan Lalla klättrar ner på stegen i aktern.

– Du Lars! ropar Stickan. Hans ansikte ser allvarligt ut.

– Vad är det? frågar Lalla medan han sätter sig på cykelsadeln. Stickan säger inget utan bara ser allvarligt på sin son.

– Vad ville du? frågar han igen.

– Äh, det var inget. Ta hand om dig, säger Stickan och vinkar lätt med handen. Lalla nickar och trampar i väg. Stickan står länge och ser hur ryggtavlan på Lalla blir mindre och mindre. Cykelvägen fortsätter runt ett hörn och han försvinner snart ur Stickans åsyn. Han kliver ner i ruffen med tunga steg och öppnar sin väska som han hade med sig. Där i ligger en Konsumkasse som han tar upp.

Han rullar upp den hoplindade plastpåsen och tar fram en pistol. Det är en Sig Sauer P226 som han har köpt av en kille på pappersbruket. Han frågade aldrig varifrån han fick pistolen och han vill inte veta det heller. Han vet att den är laddad med tre kulor. Han vet hur man osäkrar den. När man har gjort det är det bara att trycka av.

Det börjar växa upp ett hat i honom där han nu sitter nere i ruffen i båten, ett hat som blandas med frustration och sorg. Det rinner tårar längs kinderna medan han tänker på sveket från Ann-Katrin. Han tänker på hur han hade en sprängande huvudvärk en dag på jobbet, så svår att han bad sin förman om att få gå hem tidigare när inte värktabletterna hjälpte. När han låste upp dörren till deras lägenhet hörde han ett välbekant ljud inifrån deras sovrum. Den bild som då mötte honom kom för alltid att etsa sig fast i hans huvud och hur mycket han än vill kan han inte få bort den. Han älskade verkligen Ann-Katrin. Hon var hans allt, men tydligen var det inte ömsesidigt. Det var som om luften bokstavligt talat gick ur honom när han såg henne där i sängen tillsammans med en annan man. Ännu fler tårar strömmar ner längs hans kinder och de droppar ner på byxorna. Händerna börjar darra och han känner tyngden från vapnet. Sakta för han upp mynningen och sätter den under hakan. Nu darrar han ännu mer, nästan skakar. Det finns två alternativ – göra lidandet kort och trycka av, eller slänga pistolen i havet och försöka kämpa på. I tio minuter sitter han med vapnet upptryckt under hakan och funderar. På för- och nackdelar. Han kommer på många av varje, men av någon anledning väljer han till slut att lägga ner pistolen igen, men han slänger den inte i havet utan säkrar den igen och lindar in den i Konsumkassen och lägger tillbaka den underst i väskan. I väskan ser han det färdigskrivna brevet som är till Lalla. Han tar upp det och läser det såsom han har gjort så många gånger tidigare och han kan utantill vad han har skrivit. Men det kommer att dröja ytterligare innan Lalla får läsa brevet, för idag vägde fördelarna mer än nackdelarna. Idag vägde kärleken till sin son Lars tyngre än hatet till livet i övrigt. I ytterligare tio minuter sitter han kvar nere i ruffen och försöker komma till sans igen innan han går upp och fortsätter städa i båten.

Lalla har just passerat förbi den gamla slottsruinen som ligger innan man kommer över till fastlandet vid Strandvägen. Han funderar på vad hans pappa nyss hade frågat.
Varför undrade han så mycket om Mia egentligen? Har han blivit gubbsjuk? Det är klart, han ser ju också att Mia ser väldigt bra ut. Eller han kanske bara var nyfiken och vill veta att allt är okej med mina vänner?
Det dröjer inte länge innan han slår bort tankarna om sin pappa och Mia och han är snart på väg till innebandy-träningen.
Senare samma kväll sitter familjen Lennersjö samlade som vanligt i soffan framför tv:n i vardagsrummet på nedervåningen. Robin har varit och tränat innebandy, Lisa och Conny har varit på Biltema och köpt en cykelkorg åt henne och Ritva har nyligen varit och hämtat Mia från Klara, en tjej som hon har varit och tränat teater hos. Tjejerna har under våren turats om att vara hemma hos varandra och övat på pjäsen nu när de inte längre får vara på skolan och träna. På tv är det Sveriges Mästerkock och Lisa säger att hon ska vara med och vinna det programmet om några år. Hon har precis lärt sig att steka korv och fixa

pulvermos alldeles själv. Det tycker hon var roligt och hon känner att hon börjar kunna det där med matlagning nu. Mia har ätit klart kvällsmaten och sitter med benen i kors i fåtöljen och kollar i sin mobil.

– Robin, filmen Hannibal går på Femman ikväll, ska du se den?

– Ja för fan, den är bra. Jag har sett den innan, men jag ser den gärna igen, säger Robin och skiner upp.

– Men då får ni kolla på tv:n där uppe, så jag och mamma kan sova, säger Conny.

– Visst, säger de båda medan de ser på när Leif Mannerström smakar av en rödvinssås på tv:n.

– Du pappa, när får vi larmet installerat? frågar Mia. Conny suckar och kliar sig i sitt tunna hår.

– Ja du, de skulle ringa och bestämma tid när det började närma sig. Jag vet inte faktiskt. Men det borde bli snart. Jag kan ringa vaktbolaget och stöta på lite. Conny känner sig ganska frustrerad över att de ännu inte har fått något larm installerat, för han ser hur spänd hans dotter kan se ut på kvällarna när ämnet om elevmorden kommer på tal. Lisa går och lägger sig i sitt rum på nedervåningen och föräldrarna likaså. Robin och Mia bänkar sig framför tv:n på övervåningen i den mjuka svarta skinnsoffan. Robin startar ljudet på Marantz-förstärkaren så att det inte bara blir ljud från de dåliga högtalarna som finns inbyggda i tv:n. De behöver inte ha särskilt hög volym på, då de bakre högtalarna effektivt återger Hannibal Lecters speciella, lätt nasala röst och det låter nästan som om han bara stod en meter bakom dem. Mia sitter i sin vita morgonrock med benen uppdragna i soffan. På sig har hon sina favoritraggsockor på fötterna. Robin sitter bredvid henne med fötterna upplagda på soffbordet. Han har en filt runtom sig och tittar koncentrerat på filmen. Han funderar på om det verkligen var så lämpligt att Mia ser på sådana här filmer, men säger inget. Rummet är nersläckt och det är bara tv:ns blåvita sken som lyser upp det lilla allrummet på övervåningen. Där nere är det släckt. Ritva gick runt och släckte alla fönsterlampor för en stund sedan och Lisa har hunnit somna inne på sitt rum. Efter en otäck scen förstår Mia att filmvalet ikväll kanske inte var det bästa för henne, men kollar vidare ändå och hon känner sig trygg med sin bror bredvid sig. De säger inte mycket till varandra under filmens gång, men vid scenen där Mason Verger blir inslängd på en innergård och några vildsvin slänger sig över honom och äter på hans ansikte, gör Robin en grimas och sneglar på Mia. Hon sitter med händerna för ansiktet. När filmen är slut är klockan egentligen alldeles för mycket med tanke på att det är skoldag dagen därpå. Mia tar sin Imovane för att snabbt kunna somna. Hon tycker de är bra, för hon har hört att av andra sömntabletter kan man bli väldigt dåsig och trött dagen efter, men av denna tablett märker hon inte av några som helst biverkningar. Robin somnar snabbt och drömmer oroliga drömmar.

Natten är klar och temperaturen sjunker snabbt ner mot noll. Klockan halv tre vaknar Conny av ett ljud. Med ens blir han klarvaken och sätter sig upp i sängen. Han sitter blick stilla för att höra om han kan upptäcka ljudet igen, men han kan bara höra Ritvas tunga andetag bredvid sig. *Drömde jag bara att jag hörde något? Eller kan det vara blåsten? Nä, det verkar inte blåsa någonting ute. Lika bra att gå och kolla runt lite för säkerhets skull. Det är ju själva fan att inte Verisure kan höra av sig nån gång. Jag kanske borde ringa den andra firman som sysslar med larm i morgon, vad de nu heter…*

Med en så tyst och försiktig rörelse som möjligt reser han på sig från sängen och tar på sig sin blåa morgonrock. Ritva vänder sig om i sängen men börjar snart att dra långa djupa snarkningar igen. Just som han börjar tro att det bara var i en dröm som han hörde det där ljudet så hör han det igen. Ljudet låter bekant. Ett lätt knarrande läte, som om någon gick i trappan. Men trappan upp till övervåningen låter inte så, den knarrar mer, det här ljudet lät något mer stumt, precis som trappen ner till källaren låter.

Herregud, det är någon i huset! Jag kan inte ringa polisen nu, då skulle den som är i huset höra att jag pratar med någon, dessutom skulle de inte hinna hit i tid innan någonting händer här. Vad det nu kan vara.

Ytterst försiktigt lyfter han upp järnnian ur golfbagen som står bakom sovrumsdörren och tar ett stadigt grepp om handtaget. Hjärtat slår nu så fort på Conny att han känner hur det dunkar i tinningarna. Han tänker inte väcka Ritva, för han misstänker att hon kanske skulle bli så rädd om han berättade att det verkar vara någon i huset att hon kanske får panik och skriker.

Helvete, tänk om det är elevmördaren som är i vårat hus? Vad ska jag göra? Lisa! Jag måste kolla att hon är okej!

Lisas rum ligger vägg i vägg med deras, så han behöver bara ta ett par steg för att öppna hennes dörr. Försiktigt för han upp först deras sovrumsdörr och sneglar ut. Det är mörkt i hallen och han ser nästan ingenting. Lisas dörr står på glänt och Conny böjer sig fram och kikar in. Där ser han hur Lisa sover och han hör hur hon snarkar lätt.

Skönt, Lisa är okej. Men var är den jäveln någonstans nu då?

Återigen hör han ett ljud och han hör definitivt att det kommer från källarvåningen. Han vet exakt var man ska gå i trappen för att det inte ska knarra och det tänker han utnyttja och börjar därför gå längst in till vänster på trappstegen.

Vad kan tjuven eller mördaren vara ute efter? Är det mördaren så borde han ju begripa att det inte finns någon som sover nere i källaren och borde därför leta på övervåningen. Dessutom borde han ju ha hittat mig, Ritva och Lisa innan han går vidare någonstans. Jävla Verisure som är så saktfärdiga! Det här hade aldrig hänt om vi hade haft ett larm nu. Undra vart han tog sig in? Genom altandörren eller genom källardörren?

Det går en rysning genom hela Connys kropp när han tänker att om bara mördaren velat, så kunde han ha varit död nu. Kvickt slår han undan de tankarna och koncentrerar sig på vad som finns i källararen. Han tar ett omtag om klubbhandtaget och känner hur han börjar svettas i handflatorna. Halvvägs nere i trappen hör han ett svagt klirr längre in i källaren.

Hur överrumplar man en tjuv? Ska jag tända lampan och lokalisera honom och därefter slå till honom med klubban? Eller ska jag strunta i att tända och bara försöka komma närmare honom och slå i mörkret på måfå?

Det låter igen och nu hörs det ett prasslande inifrån hobbyrummet. Trots att det är mörkt kan han tydligt se hur ett svagt ljus från källarfönsterna lyser rakt på dörren in till hobbyrummet och dörren är vidöppen. Conny är nere från trappan nu och står på heltäckningsmattan. Han skänker en tacksamhetstanke för att de ännu inte bytt ut den gamla omoderna mattan. Här kan han ljudlöst gå ända fram till hobbyrummet utan att tjuven hör honom.

Vad fan gör jag här egentligen? Det är ju livsfarligt! Tjuven eller mördaren kanske har en pistol på sig. Eller en kniv. Ska jag gå upp igen och försöka ringa polisen trots allt och vara så tyst jag bara kan? Eller ska jag försöka klubba ner honom? Vad är rätt och vad är fel? Vad är bäst för min familj? Fan! Men nu står jag ju här i källaren med golfklubban i handen och kommer den jäveln emot mig så ska han få ångra det!

Framme vid dörröppningen in till hobbyrummet ser han hur en svag silhuett rör sig längre in i rummet och verkar rota efter något på skrivbordet som står där.

Nu gäller det! Jag tänder lyset och springer fram och slår till honom i huvudet. Jag måste hinna först! Han ska fan få ångra att han satte foten hemma hos Lennersjös!

Med ena handen famlar han efter lysknappen på höger sida innanför dörren. Han hittar den och är beredd. Han tänker igenom situationen: Tända lyset, springa fram och slå snabbt för att överraska tjuven. Han trycker på strömbrytaren. För ett kort ögonblick flimrar det i taket från lysrören och Conny springer fram och höjer klubban och förbereder en sving. Lysrören slutar flimra och ger ett starkt bländande sken och då ser Conny att det inte är någon mördare som står framför honom, det är Robin! Han hinner sånär hejda svingen innan klubban träffar Robin i huvudet.

– Men Robin! Är det du?! Robin kisar med ögonen i det skarpa ljuset.

– Pappa? säger han förvånat och ser sig förvirrat om i hobbyrummet. Conny flämtar högt och sänker golf-klubban mot golvet.

– Lille vän, du har gått i sömnen igen! Jag trodde det var en inbrottstjuv. Robin, är du vaken? Hör du mig? Du har gått i sömnen, säger han och tar försiktigt på Robins axlar. Sakta börjar han återfå medvetandet och ser förvånad ut när han blir varse om att han befinner sig nere i källaren.

– Vad gör vi här nere? Jag ska bara… Vad är klockan? frågar han förvirrat.

– Du har gått i sömnen. Det är ingen fara, klockan är mitt i natten. Kom så går vi upp och sover igen, viskar Conny mjukt. På väg upp för trappen börjar Robin vakna till på riktigt.

– Jag måste ha gått i sömnen. Helt plötsligt står vi nere i hobbyrummet. Det var många år sedan som jag gjorde det.

– Ja det var verkligen länge sedan, du måste ha varit tio–tolv år sist du gjorde det. Fasen, jag höll på att slå till dig med golfklubban! Vad nära det var att jag gjorde illa dig. Usch! Är du okej nu?

– Jadå. Jag går och lägger mig igen. God natt, vi ses i morgon, säger Robin och går sakta upp till övervåningen igen.

– God natt lille vän, ses i morgon. En sten lättar från bröstet på Conny då han lägger sig i sängen bredvid Ritva, som lyckligtvis inte har märkt någonting av vad som nyss utspelade sig i källaren.

Ingen tjuv och ingen mördare. Hoppas det där jäkla larmet kan komma snart…

Kapitel 15

Det är fredagen den 2:a maj och Mia är lycklig. Första dejten med Ulf gick utmärkt. De hade fikat nere på Båtsmansgränds Kaffestuga. Det var ännu för kallt för att sitta ute men inne på det mysiga lilla kaféet hade det haft det trevligt. De hade kommit överens om att mötas utanför kaféet klockan 11 samma lördag som han hade lämnat lappen i hennes skåp. Han kom klädd i vanliga blåjeans och i till synes en ny vårjacka. Mia såg direkt att han kanske inte var den hippaste av killar, men det gjorde ingenting. Han såg ren och fräsch ut och han var som alltid välfriserad och nyrakad. De glasögon han brukar ha i skolan hade han tydligen lämnat hemma. Hon misstänkte att han var en aning gammalmodig av sig och tackade Gud att han inte hade med sig någon larvig blomma till första dejten. Väl inne på kaféet hade de pratat om allt möjligt. Den normalt så lugne Ulf hade varit en aning nervös. Han hade försökt att dölja det så gott han kunde, men Mia hade genomskådat honom ganska snabbt. Hon var van att killar var nervösa i hennes sällskap. Hon hade berättat om sin familj och sin bror och Ulf hade berättat om sin uppväxt i Märsta utanför Stockholm. Tydligen var hans föräldrar ganska gamla och han hade en bror som var i 15–årsåldern. Han hade även berättat att han också har teater som intresse och han hade tyckt det var kul att de hade ett gemensamt intresse. Allt hade flutit på riktigt bra och Mia hade fått mersmak.

Under veckan som kom hade Mia besökt skolans bibliotek flitigt och hon hade flörtat och skrattat med Ulf vid ett flertal tillfällen. När Ritva fick höra att hon dejtat en så pass mycket äldre kille hade hon först blivit lite orolig och undrat vad det var för en kille och när Mia inte hörde, gick hon och frågade Robin hurdan Ulf var för en kille. Robin hade lugnat henne och sagt att han verkade vara en reko kille. Då hade Ritva lugnat ner sig, för hon litade på Robins omdöme, det hade hon alltid gjort.

Mia tittar på klockan. Den är snart nio och nästa lektion är det idrott på schemat. De ska tydligen öva på handboll idag. Hon ser fram emot det. Hon tycker om där man får kämpa och springa mycket och hon gillar att bli riktigt andfådd. I handboll händer det saker hela tiden och det blir aldrig stiltje som det kan bli i fotboll. Det tycker hon är trist att titta på. Efter 90 minuter kan det i värsta fall stå 0–0. I handboll blir det 50–60 mål på en enda match och det är sådana sporter som faller henne i smaken, sporter där det händer saker hela tiden. I omklädningsrummet beklagar tjejerna sig över det slitna utrymmet, för inne i duscharna har plastmattan släppt i fogarna och där man hänger av sig kläderna finns bara en massa krokar och inget skåp med lås så att man kan skydda sina värdesaker. Klara, som sitter i elevrådet lovar att återigen ta upp saken nästa gång de har möte. Det blir dessvärre ingen match som Mia hade hoppats på, däremot övar de försvarsspel och läraren

Kent "Klubban" Krafft håller upp en liten whiteboardtavla där han med stor inlevelse går igenom taktik.

Samtidigt är det någon som smyger längs den långa korridoren där dörrarna in till killarnas och tjejernas omklädningsrum leder in till. Han ser sig omkring och försäkrar sig om att han är själv. Han ser ingen annan i korridoren och hör ingen, bara ett sorl inne från hallen, där han vet att Mia just nu har sin lektion. Med tysta steg går han fram till dörren som leder in till tjejernas omklädningsrum och öppnar försiktigt en liten springa. Det är mörkt där inne. Han går in och rörelsedetektorerna tänder lyset i taket. Det pärlas lite i pannan på honom. Det han gör just nu är fruktansvärt förbjudet och om någon skulle komma på honom nu så skulle det innebära slutet för honom, det vet han. Men han kan inte låta bli. Han behöver känna doften från Mias kläder! Det tar inte lång tid innan han ser vart hon har hängt sina kläder någonstans.

Det här är inte bra. Det han gör är sjukt. Han är sjuk i huvudet, det vet han. Men han måste bara få känna hennes underbara parfym, han måste få känna lite på hennes kläder. Ännu en gång stannar han upp och lyssnar noga i flera sekunder så att inga fotsteg hörs. Det är lugnt, ingenting hörs. Pulsen stiger när han hänger av Mias tröja och han för upp tröjan till ansiktet och drar in ett djupt andetag. Han flämtar till. Han tar ett djupt andetag till och njuter av parfymdoften. Försiktigt hänger han tillbaka tröjan igen och ser att hennes gymnastikväska står under bänken. Den är inte stängd. Tydligt kan han se hur två flaskor sticker fram, en balsamflaska och en schampo-flaska, båda av märket Fructis Garnier. En blandning mellan ångest och spänning går som en rysning genom hela hans kropp när han särar en aning på väskan och ser att hennes underkläder ligger där. Det går inte att låta bli, han måste känna på dem! Han tar upp hennes vita bomullstrosor av märket Calvin Klein. Ännu en gång flämtar han till när han håller dem med båda händerna, och han känner hur det hårdnar i byxorna. Av någon anledning känner han att han måste ta med sig trosorna. Han behöver ha en souvenir från henne, han behöver ha en bit av henne med sig! Snabbt trycker han ner dem långt ner i sin vänstra byxficka och smyger i väg lika försiktigt som han kom.

Under lördag förmiddag sjösätts Stickans båt och Lalla har blivit lovad att få köra den dagen efter. Lalla har frågat om Robin och Mia vill följa med på säsongens första tur och det ville de.

Det är söndag morgon. Klockan är drygt nio och både Robin och Mia sitter vid köksbordet och äter frukost. Mia ser ut genom fönstret och ser att de verkligen har tur med vädret.

– Det är ju strålande sol ute! Kan du sträcka dig och kolla vad termometern står på? frågar hon Robin.

– Öhh, den visar nio grader. Men det lär stiga snabbt idag, prognosen igår kväll visade att det kunde bli uppåt 16–17 grader idag.

– Hur är det med vinden då?

– Nä det var ingen fara. Kommer inte ihåg exakt men det skulle inte blåsa i alla fall, svarar Robin och tar mer flingor. Det pirrar lite i magen på honom, för idag är dagen han har väntat på i månader. Dagen då de kan låna Stickans båt och glida runt lite bland öarna och bara softa. Kanske dra på lite och testa motorn när de kommer ut en bit. Det är inte utan att han känner sig lite stöddig när han är ombord på en så pass fin båt och han vet att några av de snyggaste tjejerna i skolan har föräldrar som är mycket ute på sjön. Förra året hände det att de mötte några av tjejerna vid ett par tillfällen. Han ska definitivt skaffa sig en rejäl motorbåt när han blir äldre. Helst en daycruiser med en fet V8:a i, så man snabbt kommer fram dit man ska. Och så vill han kunna köra med vattenskidor efter den. Han önskade så att Conny hade en motorbåt han med, men han är väl medveten om att det inte kommer att hända. För många år sedan, när tvillingarna var små, hade föräldrarna en Nimbus modell större där man kunde övernatta många i, men Ritva tyckte det blev lite för lite semester och avkoppling med två tvillingar och lite för mycket passande när de var ute på sjön, så de sålde den. Sedan dess har de i stället åkt utomlands på somrarna. Conny har varit inne på att köpa en liten stuga på landet istället, för sjölivet är ingenting han längtade tillbaka till. Trots det har Mia har tjatat om att de ska skaffa en liten båt som inte är så dyr, men svaret har varje gång blivit nej. Inte ens när Robin har försökt hetsa honom och säga att han antagligen är för gammal och seg för att klara av att ha en båt igen, har han varit i närheten av att ens fundera på saken.

– Hallå, vad sitter du och tänker på? frågar Mia medan hon dukar av från köksbordet. Hon är klädd i ett par nya blåjeans och en långärmad tröja med tryck på. Det blonda hårsvallet är uppsatt i hög tofs och hon är bara lätt sminkad idag. Som vanligt har hon färg på naglarna och dagen till ära är de mörkrosa, och det var ingen slump att de matchar perfekt till de mörkrosa inslagen i hennes tröja. Mia hade alltid varit modemedveten, någonting hon har tagit efter sin mamma. Robin drar en lång suck och tar en mun av kaffet.

– Jag satt bara och funderade på att jag också skulle vilja ha en båt. Vi borde köpa en ihop du och jag, skämtar Robin.

– Ja, det borde vi faktiskt göra, säger Mia allvarligt.

– Men det är nog ingen idé att ens tänka tanken så länge vi inte har några jobb, för utan jobb är det nog svårt att få lån. Tror du inte det, Robin?

– Jo tyvärr. Inget jobb – inget lån. Vi får börja sommarjobba så vi kan få ihop lite pengar. Fast man kanske ska ha bil först?

– Ja kanske det. Men allt har väl sin tid. Vi får vara tacksamma att vi får hänga med Lalla ibland. Är du klar så vi kan sticka snart? Jag vill bara komma i väg nu! Tänk om vi kan stanna till vid någon liten ö och lägga oss och sola en liten stund. Tror du Lalla går med på det? frågar Mia.

– Ja det gör han säkert. Om du visar pattarna så går han nog med på det!

– Fan vad dum du är! Hon smäller till Robin i huvudet och går ut till hallen och tar på sig skorna.

– Käkar vi lunch på Hasselö? frågar hon från hallen.

– Japp! Vi fick pengar av pappa. Vi bjuder Lalla så behöver vi nog inte betala något för bensinen, säger Robin och torkar sig för munnen. Lisa tittar ut från sitt rum och gäspar.

– Hej. Vad ska ni göra? Varför är ni uppe så här tidigt för? frågar hon trött.

– God morgon, lillpluttan! Jag och Robin ska åka motorbåt med Lalla. Vi blir nog borta fram till kvällen skulle jag tro, säger Mia och ger sin syster en godmorgonkram.

– Ska ni åka båt? Får jag följa med? frågar Lisa med överdriven och gnällig ton.

– Nix, det får du inte. Du får vara hemma med mamma och pappa, säger Robin bestämt.

– Var är dom då?

– Dom gick ner till affären bara, dom kommer när som helst. Är det okej om vi åker innan de är tillbaka, frågar Mia.

– Visst, jag klarar mig. Var är min mobil?

– Kolla i vardagsrummet, slarvmaja. Robin, är du klar? Vi måste sticka nu, Lalla väntar! ropar Mia och rättar till tofsen i hallspegeln. Helst av allt skulle hon vilja ha med Ulf på båtturen men hon vet att det är för tidigt i deras relation för att ens fråga honom, dessutom så skulle nog både Robin och Lalla känna sig obekväma med en relativt främmande person på båten. Allting har sin tid, påminner hon sig själv. De cyklar ner till småbåtshamnen där Stickans båt ligger. Luften är klar och lite småkylig, och Mia fryser om öronen. Fiskmåsarna skränar för fullt lite överallt och på bron vid Stegeholms Kanal sitter det folk och fiskar, precis som vanligt. Robin känner igen ett par av de utländska gubbarna och nickar åt dem. Det luktar tång och hav. Robin bara njuter när han känner hur dofterna slår mot honom när de närmar sig båten och han kan knappt bärga sig förrän Lalla startar den kraftfulla motorn på den välpolerade Aquadoren. Ibland på kvällarna i vintras när han låg och fantiserade, tänkte han på det maffiga ljudet av motorn som mullrar och bubblet från vattnet bak i aktern och alldeles snart kommer han att få höra det härliga motorljudet för första gången i år. De närmar sig båtplats I 4 där båten ligger och de ser Lallas ryggtavla.

– Hallå! ropar Mia och bromsar in cykeln. Lalla tittar upp och skiner upp som en sol.

– Ohoj landkrabbor! Är ni laddade nu? säger han och ler med hela ansiktet.

– Det kan du ge dig på! Fan vad skoj det ska bli, vädret är ju helt perfekt för en liten tur idag. Ingen vind heller.

– Kunde inte bli bättre förutsättningar. Eller, jo, lite varmare men det är ju bara maj. Jag håller på att fylla vattentanken men det är nog fullt nu. Kan du stänga av kranen och rulla ihop slangen, Robin?

– Visst. Ni har väl kvar flytvästarna i båten sedan förra året, va? undrar Robin och virar ihop vattenslangen.

– Japp, de är här. Mia, hoppa ombord! På med västarna så startar vi i gång. Motorn låter exakt så härligt som Robin har fantiserat om så många gånger under vintern och nu börjar sommaren på allvar för honom.

– Jag tänkte att vi kör genom Gränsö Kanal och sen vidare upp mot Hasselö, så tar vi väl lunch där som vi pratade om? frågar han Mia medan han vant backar ur från den trånga båtplatsen. Robin vänder sig om och tittar ner mot det bubblande vattnet. Motorn mullrar härligt och han ryser på armarna när han hör ljudet.

– Det blir kanon. Jädrar vad härligt, nu börjar sommaren på allvar! utbrister Mia och ler med hela ansiktet. Snart närmar de sig Gränsö Kanal och endast en svag sydlig bris möter deras ansikten när de sakta glider fram emot inloppet. Borta till höger breder det vackra slottet ut sig. De vinkar åt en farbror i en liten eka som de möter i kanalen. Mia breder ut sig i den u-formade soffan och hon önskade att det var lite varmare så hon kunde ha haft shorts på sig, men tänker att det troligtvis lär bli fler gånger de åker båt denna sommar. Efter kanalen girar Lalla styrbord och ökar farten något och snart har de Lilla Rågholmen på babord sida och de fortsätter i lugn fart i riktning mot Hasselö. I dessa vatten hittar Lalla som i sin egen ficka och han kan namnet på varenda liten kobbe de passerar. Mia är imponerad av att han inte behöver ha vare sig sjökort eller GPS för att ta sig till Hasselö.

– Vet du verkligen var alla grund är någonstans? Är du inte rädd för att gå på grund? frågar hon nyfiket.

– Ja häromkring hittar jag ganska bra, men om jag åker söderöver så slår jag gärna på GPS:en, säger han och spanar med van blick ut över fören. Robin säger inte mycket, han njuter mest och tänker att han bara *ska* ha en motorbåt i framtiden. Vattnet stänker upp i ansiktet på honom emellanåt. Han drömmer om att få fira semester med en tjej i en fin motorbåt och åka från ö till ö och bara njuta av soliga dagar, hav och korvgrillning på kvällarna. En stund senare närmar de sig gästhamnen på Hasselö. Det är långt ifrån så mycket båtar som på högsommaren, men några båtar har hittat ut till den vackra ön denna soliga försommardag. Robin, som tog över ratten tidigare, lämnar nu över till Lalla igen och utan problem manövrerar han in båten mot bryggan medan han ger order till Robin om att fästa en tamp i bojen bak från aktern medan de sakta glider mot bryggan. Mia har redan fendrat på. Hon har varit med så pass mycket på sjön att hon har relativt bra grepp om vad som ska göras när man ska lägga till vid en brygga eller en klippa. Det börjar närma sig lunchdags och de tar en sakta promenad de dryga två kilometrarna från gästhamnen bort till Sjökantens restaurang. Temperaturen har stigit en bit till och den extra kofta som Mia bar ombord på båten tar hon av sig och knyter runt magen. Hon tänker tillbaka på förra året då hon och Stina var här. De hade bokat en övernattning på vandrarhemmet och de hade hyrt en varsin cykel och cyklat runt hela ön. Det hade varit varmt och soligt och på kvällen hade de tänt upp en engångsgrill och suttit och grillat korv och myst ute på en klippa i solnedgången, bara de två. Stina hade fixat två starkcider var till dem. De hade pratat om killar och om framtiden och de hade stundtals skrattat så att tårarna rann längs kinderna på båda dem båda två. Det var ett av de bästa sommarminnena hon någonsin har haft. Längs vägen möter de några de känner igen från stan och hejar. Det doftar skog och frisk luft och ett alldeles speciellt lugn infinner sig i Mia medan de promenerar. Inte ens en kopparorm som slingrar sig fram längs grusvägen kan få henne i obalans denna dag. De kommer fram till Sjökanten och går in. En härlig doft av grillad fisk slår emot dem och genast börjar det kurra i deras magar. Plötsligt reagerar Lalla på något.

– Kolla Robin, där borta sitter Jesper och hans familj, säger han och puttar på Robin. Mia spanar ut över restaurangen och ser att det sitter en mörkhårig, lång kille som ser iögonfallande ut. Hon blir genast nyfiken.

– Är det någon ni känner? frågar hon även om hon vet svaret.

– Ja, det är en i innebandylaget, förklarar Robin. Grabbarna går bort för att hälsa och Mia följer med tätt bakom.

– Tjenare Jeppe! Allt lugnt?

– Tjenare på er! Jajamän, allt e lugnt. Mina föräldrar sjösatte igår, så vi passade på att ta en liten sväng. Ni också ser jag? säger Jesper och ser en lång stund på Mia så att hon rodnar.

– Ja, vi har lånat farsans båt. Vi ska inte störa, ät i lugn och ro. Men du, vi ses på träningen på måndag, ha det bra! säger Lalla.

– Ni med! säger Jesper och ser på dem alla tre och håller återigen fast blicken lite extra på Mia och ler charmigt. De går tillbaka till det bordet som personalen nyss hade visat åt dem, men Mia har svårt att koncentrera sig. Allt hon har i huvudet var den snygge killen hon nyss hade sett.

Flörtade han verkligen med mig, eller inbillade jag mig bara? Han kanske bara ville vara trevlig.

De sätter sig till bords och tittar på menyn. Robin beställer en paj med cola, Lalla och Mia beställer en gös med cola till. De njuter alla av den vällagade maten och de beslutar för att ta lite efterrätt med. De beställer alla tre glass och kaffe, och Mia passar på att gå på toaletten medan de väntar på att servitrisen ska komma med glassen. När hon kommer ut från toaletten håller hon nästan på att krocka med en person. Dörren tar i något och hon får lite vikt framåt så att hon tar emot sig med handen på personen. Hon ber om ursäkt och tittar upp och där står Jesper.

– Oj, förlåt! säger hon och skäms.

– Hehe, ingen fara, svarar han och ler återigen med det där leendet som fortfarande sitter kvar på näthinnan på Mia sedan de sågs för en liten stund sedan.

– Du måste vara syster till Robin, stämmer det? frågar Jesper, fortfarande leende.

– Ja det stämmer, svarar hon och känner att situationen är pinsam, men är ändå väldigt glad över att han vill prata med henne.

– Det syns tydligt. Ni har samma ögon, samma klarblå färg. Fast dina är snyggare förstås, säger han och flörtar med ögonbrynen, sedan försvinner han in på toaletten. Mia känner att hon blir alldeles knäsvag av Jespers ord och av den goda parfymen han har på sig. Hon känner återigen hur hon blir alldeles röd i ansiktet och hjärtat slår ett par

124

extraslag. Med lätta steg går hon och sätter sig vid de andra killarna igen och hon tänker att det här måste bara Stina få höra.

Kapitel 16

Sommarlovet närmar sig med stormsteg. Det har varit många tunga prov att plugga på, men hittills har både Mia och Robin fått godkänt på samtliga. Förhållandet mellan Mia och Ulf går långsamt framåt och det är precis så som hon vill ha det. De brukar ofta prata på rasterna och det hände att hon gav honom en kyss. Vid flera tillfällen har de gått långpromenader om kvällarna innan det blev för mörkt. Hon kände att Ulf var en kille som hon verkligen kunde anförtro sig till. Allt kändes så rätt med honom, så trygg och lugn. Dessutom hade de flera gemensamma intressen och hon började inse att hon var på god väg att bli riktigt kär.

Det är lördag förmiddag och hela familjen Lennersjö är på väg till Söderköping. Både Conny och Ritva har fyllt år inom samma vecka och presenten från Conny var en weekend på Söderköpings Brunn med spa och behandlingar. Han hade inte hjärta att bara han och Ritva skulle åka i väg och mysa utan barnen, så han bokade om i sista stund så att hela familjen fick följa med. Visst, det sved visserligen i plånboken att sticka i väg på en spaweekend för fem personer, men ibland måste saker och ting få kosta, resonerade han. Dessutom hjälpte en vinst i ett andelsspel på V75 till att övertyga honom att alla skulle med, men det visste inte de andra om. Han sitter och njuter av hur tyst och fint hans ögonsten till bil rör sig längs E22:an och han är nöjd med att han hann ge den en vaxning i garaget kvällen innan. Dessutom njuter han av att hela familjen är samlade och ska hitta på något skoj tillsammans. Det har varit alldeles för mycket skit under året med två mord och barn som är oroliga och har fått sömnproblem. Hans känsla är att var och en i familjen har stängt in sig i sin egen lilla bubbla med sina obehagliga känslor och funderingar, istället för att de tillsammans har satt sig ner och bara pratat ut. Han har försökt några gånger, men det har varit svårt för dem allihopa att prata. Även han har haft det tufft på sistone och han har farit väldigt illa när han ser hur Mia ofta sitter och grubblar för sig själv i soffan. Hans sömn har också blivit lidande när Lisa praktiskt taget har flyttat in till hans och Ritvas sovrum. Men just nu är hans humör på topp, för han känner att den här lilla minisemestern kan föra dem samman igen och lite spabehandlingar borde få alla i familjen att tänka på annat än tråkigheter där hemma.

De är snart incheckade och Lisa lyckas tjata sig till ett litet gosedjur som hotellet har till försäljning. Medan Ritva, Mia och Lisa får sina behandlingar sitter Conny och Robin i bastun. Det är första gången som Robin är på spa och han vet inte riktigt vad han ska förvänta sig av sin ryggmassage han snart ska få, men han hoppas att det blir en snygg tjej som ska knåda på hans rygg. Han misstänker att detta även är första gången han och Conny bastar tillsammans. Visserligen har de en bastu nere i källaren hemma, men den har använts som förrådsutrymme så länge han kan minnas. Plötsligt reser sig Conny upp.

127

– Sitt du en stund till, jag ska hämta något att dricka till oss. Bara ett par minuter senare kommer han in i bastun igen glad i hågen med två Mariestad i plastflaskor.

– Säg inget till mamma om att du får en starköl av mig, det här är något oss karlar emellan, okej? Conny blinkar åt sin son och flinar. Robin skiner upp som en sol.

– Nä då, visst det är lugnt! Tack! Plötsligt känner han sig mist fem år äldre än vad han egentligen är och han trivs med att bli behandlad som vuxen av Conny. Conny tar ett par stora klunkar, ser på sin ölflaska och suckar nöjsamt.

– Den här är inte dum när man bastar, eller hur?

– Nä den var god, ler Robin. Svetten droppar från pannan och en äldre gubbe frågar om det är okej om han slänger på ett par skopor vatten på stenarna i aggregatet. Ölen tar snabbt slut i hettan och Robin böjer sig fram och kollar på klockan utanför. Fem minuter kvar till hans behandling och han börjar känna av alkoholen.

Efter behandlingen känner han sig mer än nöjd och han sätter sig i jacuzzin där Lisa och Mia redan sitter.

– Det här var väl ingen dum idé? säger Mia medan hon ligger lätt tillbakalutad medan bubblorna skvätter upp runtomkring henne.

– En sån här borde vi ha hemma! Vi får nog tjata på pappa, flinar Robin. Mia tittar upp och ser lite dåsig ut.

– Det här var verkligen välbehövligt. Det var vi värda allihop. Det har varit alldeles för mycket skit på sistone, suckar hon.

– Verkligen. Skönt att bara få komma ifrån lite. Eller vad säger du, Lill–Fisen? säger han och rufsar Lisa i håret.

– Låt bli, håret blir ju tovigt!

Resten av kvällen blir riktigt lyckad. De äter god mat på hotellet och Mia känner sig lyxigt behandlad när kyparen berättar för henne om varje rätt. Lisa tjurar lite för att inte kyparen berättade något om hennes hamburgare med pommes. Efter en skön natt i mjuka sängar och en god frukost är de snart på väg hemåt igen och Mia har en känsla av att hela familjen verkar en lite gladare och en aning mer avslappnade än när de var på väg upp till Söderköping.

En vecka går. Ritva och Mia har tidigare i veckan varit i Kalmar över dagen och shoppat klänning till skol-avslutningen. Robin sitter hemma hos Lalla och är bekymrad. Dagarna går alldeles för snabbt fram till sommarlovet och ännu har han inte lyckats med att få Stina på kroken. För vad händer när sommarlovet har börjat och alla åker i väg på diverse saker? Hur ska han kunna träffa Stina då? Hon lär umgås med sina vänner och åker säkert i väg på semester med sina föräldrar. Visserligen hände det ju att hon hängde hemma med Mia, men vad hjälper det? Det är ju inte direkt så att han knackar på Mias dörr och börjar flirta mitt framför ögonen på sin syrra. Visst hade det hänt att de hade sagt några ord till varandra i skolan, men när han ser henne så är det som om att det knyter sig i magen och han brukar sällan få fram några vettiga ord att säga. Mia känner till att han är förtjust i Stina, men hon vet inte att han faktiskt är rätt så rejält kär i henne. Särskilt efter discot sist, när de blev lite närgångna. Åtminstone då visade Stina att hon definitivt var intresserad. Efter skol-avslutningen kommer det att hållas en stor fest för alla gymnasieelever i Folkets Park på kvällen och då måste det ske. Där måste han lyckas bli tillsammans med Stina, annars är sommaren körd. Om det inte händer någonting där så lär han knappt se henne förrän höstterminen börjar. Han berättar hur han känner för Lalla som har förståelse för honom och hans känslor. Lalla är lite coolare av sig och känner inte samma press på sig att träffa någon. Men precis som Robin så skulle han inte ha något emot att bli tillsammans med någon innan sommarlovet börjar. Gärna Karin. De diskuterar hur de ska gå till väga i Folkets Park för att snärja tjejerna de vill ha och kommer egentligen bara fram till att det lär gå betydligt lättare om de har lite alkohol i kroppen.

– Jag ska ta och fråga pappa vid tillfälle om han kan tänka sig att köpa ut något. Men han måste vara på rätt humör. Om han köper något så vet jag ungefär vad han kommer att säga, "men du måste lova att se efter Mia så inte hon dricker för mycket. Jag litar på dig nu, Robin", härmar han med förvrängd röst.

– Jag tror nog att pappa kanske kan köpa ett par starköl på sin höjd, säger Lalla och suckar medan han klinkar på sin akustiska gitarr.

– Han har blivit så jäkla överbeskyddande på sista tiden, vete fan varför…

– Äh, det är väl bra om han är rädd om dig. Fast båda våra föräldrar litar nog på att vi inte skulle supa skallen av oss och göra bort oss. Mia till exempel, jag har aldrig sett henne full någon gång och då vet jag ändå att hon har haft fri tillgång till vin vid flera tillfällen. Lite påverkad har hon varit flera gånger däremot.

– Hon är den sista i skolan som skulle bli full och slampig. Du har en jävligt bra syrra… Synd bara att hon är så jävla ful, flinar Lalla som sekunden senare får en kudde kastad hårt i ansiktet.

– Men allvarligt talat, Robin. Har du läst tidningarna på sistone? Hela landet kritiserar ju polisarbetet här i Västervik. Allt de har att komma med är ett par fotavtryck vid mordet på Jakob, det är allt! Och inte ett skit från mordet på Frans! Är inte det jäkligt märkligt? Allmänheten har ju till och med börjat kritisera polisen, likaså vissa kommungubbar har jag hört.

Det går ett par minuter som de sitter tysta för sig själva och grubblar. Kommer du ihåg att vi pratade om den där läskige jäkeln som Mia har i SO?

– Menar du Ulrik Holmlund? Ja, han är jäkligt creepy. Jag har sett hur han spanar in både syrrans och Stinas röv. Han borde fan ha en spark i arslet! Kan vi inte kolla upp honom lite noggrannare? frågar Robin.

– Definitivt. Men att han kollar in deras rövar är väl ett friskhetstecken? Fast han kanske borde tänka sig för vad han kollar på, med tanke på att han är lärare på skolan. Vi kan kolla var han bor, vad han har för fritidsintressen och så vidare. Det hörs på dialekten att han inte kommer härifrån. Han låter som en lappjävel av något slag. Eller hur?

– Ja han måste vara norrifrån. Vi kan kolla upp honom. Lalla tar upp sin mobil och öppnar Facebook. Sökningen på Ulrik Holmlund ger inga träffar. Inte Instagram heller.

– Han verkar bo på Markörgatan 27. Ingen annan finns skriven på adressen enligt Eniro, säger Lalla medan han söker i sin laptop.

– Så konstigt då. Det är väl ingen som vill bo med den där äckelgubben. Hade jag varit snut så hade jag misstänkt honom, fortsätter Robin.

– De kanske redan har kollat upp honom. Han kanske har alibi för mordnätterna. Kan vi inte kolla in i hans fönster med kikare någon kväll? frågar Lalla och spelar ett par ackord på sin gitarr.

– Hur ska vi kunna göra det? Varken du eller jag får ju vara ute när det är mörkt ute. Dessutom vete fan om jag ens vågar vara ute i mörkret och smyga. Tänk om man stöter på mördaren?

– Fast då har du väl ändå en jäkla otur om du skulle springa på honom? Dessutom borde ju vi stadsbor gå jäkligt säkra nuförtiden eftersom de fortfarande patrullerar poliser dygnet runt. Det är väl även ett flertal väktare runt också? Vi kan väl smyga dit tillsammans? Är vi två så ska det nog mycket till innan mördaren försöka ta oss båda. Sen så kanske det är så att mördaren bara är ute efter vissa personer. Han kanske inte alls mördar första bästa person han springer på ute på kvällen, säger Lalla.

– Så är det nog. Han mördar nog inte på måfå. Som vi ju kommit fram till tidigare så finns det förmodligen ett samband mellan de två morden, men frågan är vilket. Förresten, undervisade Ulrik både Frans och Jakob? undrar Robin. Lalla funderar ett tag och stirrar ut genom fönstret.

– Ja. Jag tror fan han gjorde det. Där har vi i alla fall en gemensam nämnare. Men vi måste kunna hitta flera, men vad? Vi får fundera på det.

– Förresten, vad ska du ha på dig på skolavslutningen?

– Samma kostym som förra året fast annan skjorta och slips, antar jag. Du då? frågar Robin.

– Tja, det blir väl typ samma som förra året. Byter man om sen när man ska till diskot i Parken?

– Nä det gör man inte. Men man bör kanske ha med sig en deo i jackfickan, flinar Robin.

– Ja för fan, det måste man ha! Man kan ju inte gå omkring på kvällen och lukta huggorm om vi ska försöka ragga tjejer. Bra tänkt. Men alltså, jag kan inte släppa det här med

Ulrik. Kan vi inte typ förfölja honom någon dag efter han slutar sitt jobb? Vad tar han vägen efter han har undervisat färdigt? Åker han hem? Åker han och köper knivar, vad fan gör han? utbrister Lalla frustrerat.

– Det blir ju inte så lätt att förfölja honom om han sticker i väg med bilen, inflikar Robin.

– Fast han kanske inte tar bilen till skolan om det är bra väder? Jag vet många lärare som cyklar till skolan, särskilt i år efter den där kampanjen om att man ska tänka på miljön. Sånt sätter press på lärarna och de vill gärna föregå med gott exempel.

– Precis! Och om det nu är Ulrik som är mördaren så vill han säkert visa sig från sin bästa sida. Robin tittar på klockan.

– Fan, måste dra innan morsan blir vansinnig. Dessutom borde jag kolla igenom tyskaläxan en gång till, säger han och reser sig.

– Jag läste igenom tyskaläxan innan, jag tror jag kan den. Skönt att dina föräldrar har börjat släppa lite på det där med utegångsförbudet nu, säger Lalla och gäspar.

– Ja, tidigare i våras kändes det som ett fängelse ibland hemma. Fast jag förstår dem. Jag ska erkänna att jag nog inte velat vara ute om kvällarna när det var mörkt ute tidigare i våras och vintras, säger Robin och tittar ut genom fönstret. Han ser att det börjar skymma ute nu och egentligen är det lite för mörkt för att han ska känna sig helt lugn på hemvägen.

De säger hejdå och Robin går ner för trapphuset och ut genom dörren. Temperaturen har fallit snabbt i den molnfria kvällen och han drar upp dragkedjan på sin tunna jacka. Han ser sig omkring, men ser inte en enda person ute. Det tar inte många minuter för honom att gå hem till sitt hus, men han kommer behöva passera ett litet grönområde som han vet har dålig belysning. Fotstegen ekar lätt mellan byggnaderna medan han går och i sin fantasi föreställer han sig hur mördaren ska hoppa fram bakom första bästa husknut och sticka en kniv i honom. Han ser sig själv med en kniv instucken i halsen så att han inte kan skrika på hjälp och han ser framför sig hur han segnar ner på en tom gata där ingen vare sig ser eller hör honom.

En kylig vind möter honom när han svänger vänster in på en gata och han hör inte längre sina egna steg. Oroligt vänder han sig om för att försäkra sig om att ingen förföljer honom, men han är fortfarande helt själv ute.

Var är alla? Vågar verkligen folk ännu inte vara ute på kvällarna efter mörkrets inbrott? Är jag kanske dum som är ute så här dags alldeles själv?

Han tar upp mobilen och ser att han har två missade samtal från Ritva och ett oläst sms. Han skickar tillbaka att han är på väg hem. Just när han lägger ner mobilen i jackfickan ser han hur en man kommer gåendes emot honom minst hundrafemtio meter bort och hjärtat är nära att hoppa ur bröstkorgen på honom.

Helvete! Vad fan gör jag nu? Ska jag fortsätta att gå rakt fram mot mannen, eller ska jag byta sida? Vad fan skulle jag ut och göra så här sent? Jag kunde väl ändå ha tagit med cykeln. Fast det känns ju jäkligt fjompigt att byta sida. Skärp dig nu Robin, det är inte mördaren som är på väg mot dig.

Med högerhanden knuten gör han sig ändå beredd på det värsta och går med raska steg rakt mot mannen och under tiden önskar han att någon av stadens väktare kunde dyka upp nu. Det är så pass mörkt ute att det är omöjligt att se ansiktet ännu på det här avståndet, men han ser i alla fall att mannen är i samma längd som han själv, kanske något bredare byggd. Med sinnena skärpta på max närmar han sig snabbt mannen och Robin gör sig beredd på att både slåss och springa. Nu ser han att mannen närmar sig en lyktstolpe, vilket innebär att han borde få en klar bild av ansiktet på mannen. Efter ytterligare några meter ser han vem personen är och andas ut med en suck av lättnad, för emot honom kommer pappa Conny. Han vinkar lite lätt med armen mot Robin.

– Är det du som är ute och går, frågar en mycket lättad Robin, som försöker dölja den oro han nyss hade haft så gott han kan.

– Hej grabben! Ja, du svarade ju inte när vi ringde på dig, så din mamma tyckte jag skulle gå och möta dig, säger Conny och lägger armen om Robin.

De går sedan gemensamt hemåt mot Sjöviksvägen i en alltmer mörknande skymning. Conny ringer hem till Ritva och säger att han har hittat Robin. De är snart hemma igen och de hinner knappt komma innanför dörren innan Ritva slänger sig om halsen på honom.

– Gud, vad orolig jag blev när du inte svarade! Varför svarade du inte för? frågar hon oroligt.

– Jag hörde inte att det ringde. Mobilen låg i ytterfickan på jackan. Klockan blev lite för mycket, jag vet. Sorry, säger Robin och skäms lite för att han har skrämt upp sin familj så.

– Äh, man blir ju så orolig du vet. Mia blev orolig hon med. Är du hungrig? Vi andra har redan ätit kvällsmat, men jag kan ta fram lite?

– Jag tar en macka och ett glas mjölk, men det fixar jag själv. Gå och lägg er, ni.

– Ja då så, vi går och lägger oss. Ses i morgon. Snart är det inte många dagar kvar till sommarlovet, det blir väl skönt? säger Ritva och ler innan hon går i väg in på toan för att borsta sina tänder. Robin ler tillbaka, men återigen knyter det sig i magen när han får höra att det inte är många dagar kvar. En mild ångest sprider sig i bröstet på honom medan han äter sin kvällsmat och han tänker på Stina. När han är klar i köket går han upp och gör sig i ordning för kvällen.

Lisa sover nu och Conny och Robin har lagt sig. Mia hör hur Ritva fortfarande stökar nere på undervåningen och hon känner att hon behöver prata lite med sin mamma och tassar därför ner till henne i sin vita morgonrock. Hon öppnar försiktigt badrumsdörren där Ritva står och filar på en nagel.

– Hej gumman, har du inte lagt dig ännu? frågar Ritva med mjuk ton.

– Nä inte än. Mamma, jag skulle vilja prata med dig om en sak, säger Mia allvarligt.

– Visst, vad är det? Ritva blir orolig och undrar om det har hänt något. De går ut i köket och Ritva tar fram bullpåsen och två glas, medan Mia tar fram mjölken. De vet båda två vid det här laget att om det är nattliga samtal på gång, ja då är det mjölk och bullar vid köksbordet som gäller. De har de gjort så många gånger förr när det har varit någonting som Mia har velat prata om. Hon tycker att Ritva har många bra egenskaper och det här var en av de bättre, att hon alltid ställer upp och lyssnar på vad hon har att säga och har alltid några stöttande ord på lager om hon är ledsen, eller kloka råd om det var någonting hon oroar sig för. Mia ser lite skamsen ut när hon sätter sig vid bordet. Alla andra i huset sover. Det är tyst överallt. Allt som hörs är köksklockans svaga tickande. En svag belysning under diskbänken är det enda som lyser upp köket.

– Förlåt om jag håller dig vaken så här dags, men det är något jag måste berätta.

– Men vad är det som har hänt, gumman? frågar Ritva och tar tag i Mias händer.

– Det kanske inte är någonting alls som har hänt, men det är bara det att jag har känt på mig att någonting är fel den sista tiden.

– Hur menar du?

– Det är säkert bara inbillning, men det känns som att jag är iakttagen, som om att någon förföljer mig, säger Mia medan ögonen tåras på henne.

– Nämen lilla vän, vad säger du? Ritva blev nu orolig på riktigt, mer orolig än vad hon egentligen vill visa.

– Alltså, det känns som jag är övervakad på något vis. När jag går till och från skolan och när jag cyklar till kompisar. Även när jag är uppe i mitt rum så känner jag mig iakttagen, trots att man inte kan se in i det från gatan. Det är ju bara skog utanför och varken bilväg eller cykelväg på den sidan, suckar hon och ser ner i bordet.

– Men inte tror jag väl att det är någon som förföljer dig heller? Du är ju aldrig ute när det är mörkt. Och i skolan är du ju aldrig ensam, där är du ju alltid med kompisar och när du går till och från skolan så tar du ju sällskap av Robin?

– Jo jag vet… Men tänk om mördaren är någon på skolan? Dessutom… Mia tar en paus och ser rakt i ögonen på sin mamma.

– Dessutom hittade jag inte mina trosor i min gymnastikkasse häromdagen och jag är helt säker på att jag la ner ett par trosor på morgonen. Jag är helt säker på det! utbrister Mia medan hennes ögon tåras av oro.

– Men herregud, vad är det du säger? Är du verkligen helt säker på att de saknades? Frågade du dina kompisar om de kanske hade skojat med dig? undrar Ritva och tar sig för munnen. Nu är hon verkligen orolig.

– Nä, jag sa ingenting till någon. Jag vet inte om Robin har sagt något till dig och pappa, men han och Lalla har hittat en lärare som verkar skum.

– Nej, han har inte sagt någonting?

– Det är en lärare som jag har i SO, Ulrik heter han. Vet du vem det är?

– Nä, ingen aning.

– När man tittar på honom så är han verkligen sliskig. Han ser ut som en gammal snuskgubbe, men han är faktiskt snäll. Alltid väldigt hjälpsam och så. Kanske lite för snäll och hjälpsam när man tänker efter… Robin och Lalla skulle kolla upp honom lite närmare sa de, säger Mia och torkar tårarna med baksidan av sin hand. Ritva drar åt repet om sin morgonrock och ser ut genom fönstret. Hon snörper lite på munnen och verkar fundera på något.

– Vill du att vi ska börja följa med dig till och från skolan igen så gör vi det. Verisure ringde till pappa idag, de kommer och sätter upp larmet på måndag. De bad verkligen om ursäkt för att det dröjt så himla länge, men de förklarade att efter de två morden här i stan så har de fått så mycket att göra att de helt enkelt inte hinner med, trots att de anställt fler. Jag förstår verkligen att du känner dig orolig, men det *kan* ju vara så att du inbillar dig lite extra nu när det har hänt så otäcka saker i skolan på sista tiden. Jag tycker att du ska fråga dina kamrater om någon av dem tog dina trosor. Säkert var det någon av dem som ville skoja lite med dig bara och inte förstod att man kan ta illa vid sig när man skojar sådär. Eller så kanske du tappade dem på vägen? Äter du dina insomningstabletter om kvällarna?

– Ja, jag tar dem varje kväll. Visst, jag kanske inbillar mig. Men det är väl inte så konstigt att man blir lite paranoid…

– Nä det är verkligen inte konstigt. Har du funderat på att man kan gå och prata med en kurator om hur man känner?

– Nja, jag har funderat i de banorna men jag tror att om de bara hittar den där himla mördaren så tror jag att det mesta löser sig, suckar Mia.

– Det tror jag med. Låt oss hoppas att de hittar honom snart. Dessutom så vet du ju att det har nog aldrig varit så säkert att vistas ute på nätterna nu när det finns så många extrainsatta väktare och poliser. Jag tror säkert att flera av dina klasskamrater känner likadant som du, fråga dem ska du se. Kanske ni kan träffas några stycken som känner likadant och prata lite? Ska du inte ta och gå och försöka sova nu? Klockan är mycket, säger Ritva och smeker Mia ömt på kinden. Mia nickar försiktigt och torkar ännu en tår med morgonrocksärmen.

– Jo, det är väl bäst…

– Det ordnar sig nog ska du se, säger Ritva och kramar om sin dotter lång stund innan de båda går och lägger sig.

Kapitel 17

Skolavslutning. Dagen som Mia har väntat på så länge är äntligen här. Hon är spänd av förväntan, för det är mycket som ska klaffa idag. Håret måste bli fint och sminket måste bli perfekt. Allra helst hade hon velat gå till frisören och både klippa sig och färga håret, men Ritva hade protesterat högljutt och menat att hon minsann fick nöja sig med att fixa i ordning sig hemma. Klänningen har hon redan provat flera gånger och efter ett par justeringar med Ritvas symaskin sitter den perfekt. Egentligen var det väl inte särskilt mycket på förmiddagen som hände. Det var samling i klassrummet med utdelning av betyg och lite tal från klassföreståndaren. Sedan skulle de flesta ner på stan och se på när treorna åker runt på höskrindor och gapar. Sedan skulle de tillbaka hem igen för att äta middag. Det skulle bli första gången som Ulf kom hem till dem. Han hade aldrig träffat vare sig Conny eller Lisa innan och Mia kände sig nervös över att ta hem och presentera sin pojkvän. Mormor Dagny och morfar Olof kommer också och hälsar på, dagen till ära. Robin tar avslutningsdagen med ro och allt han längtar till är festen i Parken på kvällen. Det är med blandade känslor han tar emot betygen och skakar hand med klassföreståndaren, för i och med detta kommer han inte längre kunna gå omkring på skolans område och spana på snygga tjejer tillsammans med Lalla på tio långa veckor. Fast om han bara blev tillsammans med Stina så fick sommarlovet gärna vara i tjugo veckor. Visserligen har de redan bestämt att han och Lalla ska hänga på Lysingsbadet så fort vädret tillåter.

Hemma väntar mammas smörgåstårta och om han ska vara riktigt ärlig så önskar han att han också hade någon att ta med hem på middag, precis som Mia. Fast han är väldigt glad för sin systers skull. Att hon har skaffat pojkvän var nog precis det hon behövde, mitt i allt elände och oro. Kanske nästa år, tänker han med en suck medan han sitter på en bänk och väntar på att Mias klass ska komma ut från klassrummet. Lalla har redan cyklat hem. Han och Stickan skulle äta på någon restaurang, för att senare komma förbi hemma hos Robin så de gemensamt kunde gå upp till Parken där kvällens höjdpunkt skulle hållas. En dryg timme senare är Robin hemma och ringer det på dörren. Ritva ropar till Mia ifrån vardagsrummet.

– Mia, öppnar du? Med snabba steg springer hon ner och slänger upp ytterdörren. Där utanför står Ulf. Med ett stort leende står han där, välklädd i kostym dagen till ära. I handen har han två buketter med vackra blommor.

– Hallå min sköna! Äntligen har du fritt från skolan i tio veckor.

– Hej Ulf! Kom in! De kramas och Ulf överlämnar den ena buketten till Mia.

– Vackra blommor till en vacker dam! Den andra buketten är till din mor. Måste ju fjäska lite vet du! ler Ulf och stiger in.

– Åh tack! Inte hade du behövt ta med dig blommor heller. Tack så mycket! Mia känner hur kinderna hettar. Hon har ingen aning om vad de olika blommorna heter, men färgerna går i gult och blått och den andra buketten är av samma slag. Ritva kommer in från vardagsrummet med Conny tätt efter.

– Hej Ulf! Kul att du ville komma. Hon ger honom en lätt kram och de utbyter de vanliga artighetsfraserna. Conny står bakom och skådar Mias kille. Han ser en lång, ganska slank kille med ett trevligt yttre. Han kan se att han har gjort sig i ordning noggrant innan han kom hit, alldeles slätrakad med välkammad frisyr. Conny hukar sig lite och tittar ut genom fönstret. Där ser han en blänkande vit Golf, som han förstår måste vara Ulfs. Sedan sträcker han fram handen och ger Ulf ett fast handslag.

– Hej, Conny heter jag, Mias pappa.

– Hejsan. Ulf. Trevligt!

Ulf går sedan in och hälsar på Dagny och Olof som sitter i en varsin fåtölj i vardagsrummet. Ulf förvånas något av Olofs kraftfulla handslag, men kommer sekunden senare på att Mia berättat att de är bönder. Under tiden de äter smörgåstårta charmas både Ritva och Conny av den trevlige Ulf, som på ett avspänt sätt ger ett trevligt intryck på de båda och emellanåt sneglar Ritva på Mia och ser hur hon fullkomligt strålar av lycka. Mia ser att även Robin verkar tycka Ulf är okej och hon mår just nu riktigt bra inombords. Fast hon tycker det är synd att han inte får följa med till Parken ikväll, för in dit är det bara elever som får komma.

Kaffet serveras borta runt soffbordet en stund efter smörgåstårtan. Ritva har dukat med finservisen, Maria Mandelblom från Rosenthal. Mia älskar den vita servisen med de små blommorna på och om hon fick som hon ville så skulle de använda de kaffekopparna till vardags i stället. Ulf och Dagny halkar in på en djupare diskussion angående EU-bidrag, som Mia inte orkar lyssna på. Hon vänder sig i stället till sin stora barndomsidol, sin morfar Olof. Farbrorn med det tunna, vita håret och de djupa fårorna runt ögonen. Tryggheten själv. Hela hans vänliga ansikte ger ett starkt intryck om ett långt och hårt liv på landet. Ett liv där både mjölkkor och köttkor har varit en stor del av den snart 89-årige Olofs liv. Det knyter sig i Mias mage när en tanke plötsligt slår henne, att en dag så kommer inte Olof att finnas mer. Den gamle mannen med de klarblå, plirande ögonen och det mörka, härliga skrattet kommer inte alltid att möta henne på farstubron på Fridhemsgården, såsom han alltid har gör när hon kommer och hälsar på. Men nu sitter han bredvid henne och hans mörka röst ger henne en skön känsla av trygghet.

– Det var allt en grann gosse du har fått tag på, Mia. Olof doppar Ritvas hemmagjorda vaniljhjärta i kaffet och tar ett bett. Mia vet precis vad hennes morfar vilken sekund kommer att göra, hon bara väntar på det. Medan han tuggar på kakan, fattar han kaffekoppen i höger hand och häller kaffet på det vita, tunna fatet för att svalna. Sedan tar han sin vana troget en sockerbit i munnen och för fatet till munnen och sörplar på kaffet.

Morfar i ett nötskal, slår aldrig fel. Det är allt min morfar det. Mia sträcker på sig när hon hör hur Olof berömmer hennes nya pojkvän.

– Tack! Honom hittade jag på skolan, har mamma berättat det? Han jobbar på gymnasiets bibliotek, säger hon stolt.

– Jaså, gör han det. Bibliotekarie? Ja, det är ju också ett yrke det… Då är han väl välutbildad då, antar jag? Han verkar vara allmänbildad, det hör jag på honom, minsann.

– Jag vet faktiskt inte vad han har för utbildning. Fast det kvittar för mig, bara han är snäll mot mig så är jag nöjd.

Och det är han verkligen, myser Mia. Olof ger henne en klapp på kinden.

– Visst är det så. Med kärlek och respekt kommer man långt. Se bara på mig och mormor, vi har hållit ihop sedan Andra Världskriget och det är inte många gånger som vi har bråkat. Det du! Titta bara på dagens ungdomar, de gifter sig och skiljer sig på löpande band, det är ju bara att kolla på löpsedlarna, säger Olof med en barsk ton.

– Jag kan ju inte lova att vi håller ihop för evigt, men just nu känns det bra i alla fall. Mia sneglar på klockan. Nog för att det är trevligt när mormor och morfar är här, men just nu vill hon bara upp till Parken och festa med sina tjejkompisar.

Ett par timmar senare tackar Ulf för sig, för han vet att Mia snart ska cykla över till Stina. Några tjejer skulle samlas hemma hos henne innan de drar vidare till Parken. I dörren möts han av Lalla, som är på väg att hämta upp Robin. De skulle tillsammans med ett par andra ur innebandylaget träffas nere i Stickans båt en kort stund. Stickan hade ordnat några starköl till honom och Robin. Kvällen var perfekt för att förfesta nere i hamnen på Stickans båt. Efter påfyllning av smink för Mias del, och lite mer after shave och deo för Robins del, ger de sig av till respektive förfester.

Stereon i båten dunkar medan solen sakta glider ner över Västervik. Kvällen är ljum och behaglig och förväntningarna på kvällen är höga. Ett lokalt band skulle uppträda någon gång under kvällen. De andra grabbarna i båten vet att Robin är förtjust i Stina och de pikar honom att det nu är på tiden att han gör slag i saken. Robin flinar mest åt saken när pikarna till honom haglar som mest, men inombords kan han inte låta bli att känna sig något orolig för hur han ska lösa uppgiften med att försöka snärja Stina.

Samtidigt är mannen som mördade Frans och Jakob irriterad. Han vet vad som händer i Parken ikväll och han vet att Mia ska dit. Han vet också att Mia ser väldigt bra ut och att killarna antagligen kommer svärma omkring henne under kvällen och han står inte ut med den tanken. Uppe i sin lägenhet tar han ännu en dos av sin Stesolid för att hålla sig i någorlunda schack och han sitter i sin fåtölj och väntar på att de ska börja verka. Ivrigt knäcker han med fingrarna när han tänker på hur Mia kommer att charmas av olika fulla och hormonstinna grabbar och han blir så arg att han kokar inombords och han andas häftigt. Tankarna pendlar hela tiden mellan att försöka smyga sig upp någonstans utanför Parken för att försöka få en skymt av sin älskade Moa, eller om han bara ska ta ytterligare några Stesolid, en starköl och bara försöka somna ifrån sina inre demoner ikväll. Medan han funderar på det går han bort till sin grammofonspelare. Med sitt pekfinger drar han försiktigt över locket och han ser att han behöver nog tvätta av det med ett par våtservetter. Sedan tar han fram en skiva med Bach:s Fuge in D minor för att ytterligare försöka lugna nerverna. Äntligen börjar tabletterna ta skruv. Pulsen sjunker i takt med att tonerna från Bachs musik ebbar ut och den starka olustkänsla han nyss hade är så gott som borta. Nu har han bestämt sig. Han tänker inte ge sig ut ikväll. Han orkar helt enkelt inte med den jobbiga rengöringsprocess som han tvångsmässigt måste genomföra varje gång han har varit ute. I stället går han och borstar sina tänder under tonerna av Debussy – Prelude to the Afternoon of a Faun, en av sina favoriter.

Efter tandborstningen känner han hur han har svårt att hålla ögonlocken öppna. Med tunga steg går han fram till sin grammofonspelare och stänger av den och stoppar varsamt in skivan i fodralet igen. Sedan går han bort till sin säng, där han ser att det ligger en karta med tabletter. Utan att se efter vad det är för sort, knäpper han ut fyra stycken och sväljer ner dem utan att skölja ner med något vatten. Det dröjer bara några minuter innan mördaren somnar och vaknar inte förrän klockan elva dagen efter.

Kapitel 18

Det har gått tre dagar sedan skolavslutningen och Robin kan fortfarande inte sluta gå omkring och le. Festen i Parken kunde inte ha slutat bättre. Det är eftermiddag och nu sitter han i sitt rum tillsammans med Lalla med en varsin cola i handen och diskuterar. Lalla är också glad. Han hånglade med Karin när de dansade den sista lugna låten för kvällen, men de var ännu inte tillsammans. De skulle höras under veckan, eventuellt skulle de ses till helgen. Hon skulle redan dagen efter examen följa med sina föräldrar till Stockholm, men de har sms:at till varandra flera gånger om dagen.

En blandning av ett härligt lugn har infunnit sig hos Robin, samtidigt som han är i ett slags tillstånd av eufori av lycka. Med hjälp av en gnutta alkohol tidigare under examenskvällen släppte de spärrar han hade haft och han vågade få ur sig det han ville säga till Stina. De hade kyssts redan tidigt i Parken och efter det hade de varit oskiljaktiga under resten av kvällen. Redan dagen efter hade de träffats och de hade tagit en lång och mysig promenad längs Norra Strandvägen och kollat på båtarna i försommarvärmen, hand i hand. De hade stannat till vid kiosken vid Fiskaretorget och köpt en varsin mjukglass och sedan satt sig vid en av bänkarna längs kajen och bara småpratat och haft det bra. Egentligen kände de till varandra ganska bra vid det här laget. Stina hade ju sprungit hemma hos dem i åratal och han visste på det stora hela vad det var för en tjej och vad hon gick för. Hon var ganska lugn av sig, men inte lika lugn som syrran, men kunde ändå vara riktigt sprallig ibland. Modemedveten var hon med, det hade han allt lagt märke till och många gånger hade han funderat på hur många garderober hon måste ha hemma hos sig med tanke på hur mycket kläder hon verkar äga. Hennes klädstil föll honom väl i smaken, det vill säga åt det sportigare hållet. Ofta kom hon till skolan i vita Adidas, keps och blåjeans. Aldrig slampigt, alltid stilrent men ändå sexigt och man behövde inte vara Einstein för att se att Stinas förebild var Molly Sandén. Precis som sin syster var även Stina barnsligt förtjust i smycken, ofta stora silverarmband hade han märkt. På ett sätt tyckte han det var konstigt att ha en tjej igen, för det var ett tag sedan nu. Konstigt också att det var Mias kompis, men vad syrran tyckte struntade han i för, han var lycklig!

– Jaha du, don Juan. Nu blir det svårare att kolla upp Ulrik, nu när det är sommarlov, suckade Lalla där han satt med benen i kors i Robins säng.

– Ja det blir det antagligen. Men vi vet ju var han bor. Skulle vi inte kunna gå förbi där han bor och se om bilen står utanför? Då kan vi snegla in lite och se om vi kan se något som ser misstänkt ut? frågar Robin.

– Visst kan vi göra det, men om Ulrik är mördaren så låter han väl inte några bevismaterial ligga framme heller? säger Lalla surt.

– Nä det borde han inte göra. Men det skadar ju inte att gå förbi och kolla i alla fall. Vi kan väl göra det på en gång?

– Visst. Så slipper man höra dig tjata om Stina hela tiden, retas Lalla och flinar. De klär på sig och går ut och går de ungefär tio minuterna det tar till Markörgatan där Ulrik Holmlund bor. Båda är aningen spända, men de tycker det är kul att leka polis. De kommer fram till Markörgatan och ser lägenhet nummer 27 en bit bort, men de ser ingen bil utanför.

– Fan, han är inte hemma, svär Lalla.

– Vänta, de som bor här verkar ställa sina bilar antingen i garaget eller utanför, säger Robin och pekar bort mot en garagelänga som ser ut att tillhöra lägenheterna omkring.

– Jag ser bilen! säger Robin plötsligt och tar tag i Lallas arm.

– Vad gör vi nu? Ska vi bara gå förbi den och titta in? fråga Lalla.

– Det är väl så vi får göra. Vi går en i taget, annars ser det dumt ut. Jag går förbi förarsidan och du passagerarsidan. Gå sakta och glöm inte att kolla i baksätet och på golvet, okej? frågar Robin och ser spänd ut.

– Okej, säger Lalla och lommar i väg. Kvar står Robin bakom gatukorsningen och väntar. Genom en syrenhäck ser han hur Lalla lite nonchalant går fram mot Ulriks bil och saktar in. Med långsamma steg går han förbi bilen och Robin kan se hur han böjer lite på huvudet för att försöka få en skymt av någonting som kan verka intressant i bilen. Han rätar på sig igen och ökar steglängden och går vidare. Robin börjar gå framåt medan han ser hur Lalla går vidare ner längs gatan och försvinner bakom nästa korsning. Det här känns inte bra. Han känner sig väldigt obekväm och tycker inte alls om att snoka på det här viset, men kommer fram till att egentligen är det ganska oskyldigt. För han har ju all rätt att gå på en parkeringsplats. Sakta går han på andra sidan om bilen och tittar in så oskyldigt han kan. På golvet nedanför framsätet ser han någonting. Han tittar upp igen för att se så ingen ser honom, sedan fortsätter han bort till Lalla. När Robin rundar hörnet på gatan ser han Lallas uppspelta min.

– Det låg jävlar i mig en skolkatalog på passagerargolvet, viskar Robin högt och ser uppspelt ut. De fortsätter gå bort från parkeringen och Ulriks lägenhet med raska steg och de är båda väldigt uppspelta.

– Jag vet, jag såg den med! Inte nog med det, den var uppvikt på en viss klass också! Men jag såg inte vilken. Ska vi gå tillbaka och se vilken klass det var? frågar Lalla som knappt vet vad han ska ta sig till av upphetsning.

– Det behövs inte, suckar han. Lalla ser frågande ut.

– Det var bilden på teatergruppen.

– Fy fan. Frans var ju med där, påpekar Lalla.

– Ja. Dessvärre Mia med… Robin får en allvarlig och ledsen min och sparkar till en sten på marken.

– Ta det lugnt, Robin. Det här innebär ju inte att mördaren, eller ska vi kalla hon om Ulrik, att han tänker döda alla i teatergruppen. Jakob till exempel, han gick ju inte i er grupp, eller hur? säger Lalla som ser att hela Robins sätt att röra sig blir alldeles stelt av rädsla.

– Nä visst. Men vad har Frans och Jakob gemensamt som Ulrik kan ha något emot så pass starkt att han känner att han är tvungen att mörda dem? Ska det vara så jävla svårt?! undrar Robin. Det har börjat duggregna och de går lite snabbare för att inte bli allt för blöta innan de kommer hem.

– Jag vet inte vad det kan vara. Något med religion kanske? Robin funderar en stund och sparkar till ytterligare en sten.

– Knappast. När jag tänker efter så har jag hört alla tre svära, så jag tror inte någon av dem är, eller var religiös. Fan. Vi får fundera vidare, men jag ska nog cykla hem till pappa nu, han sms:ade nyss att maten snart var klar, säger Lalla när de kommer fram till Robins hus.

– Visst, hörs i morgon. Glöm inte att det är tidig träning i morgon! Robin öppnar dörren och hör på håll att Mia pratar med glad ton med Ritva om något.

– Hallå! Hej Mia. Varför är du så glad? frågar han och hänger av sig sin blöta jacka på kroken.

– Hallå! Jag är glad därför att Ulf frågade om jag ville följa med ut till hans föräldrars sommarstuga på Måsskär. Vi åker dit i morgon eftermiddag, kvittrar Mia och skiner som en sol med hela ansiktet.

– Okej, vad kul! Men var ligger Måsskär någonstans? Jag tycker att namnet låter bekant.

– Vet inte exakt, men någonstans mellan Hasselö och fastlandet.

– Vad har han för båt då? undrar Robin nyfiket.

– Ingen aning. Vi sover över där.

– Okej? Är det verkligen okej för mamma?

– Jadå, det är lugnt. Hans föräldrar ska vara där också, jag har inte träffat dem ännu. Jag är faktiskt lite nervös, säger Mia och drar upp axlarna medan hon ler men ser inte ett dugg nervös ut. Med lätta steg springer hon upp för trappan och försvinner in i sitt rum. Ritva står kvar och ler mot Robin.

– Ja du, så kan det gå när man är kär. En liten fågel viskade i mitt öra att min son också är lite kär? säger Riva och ser lite lurig ut.

– Jo det kan väl stämma, svarar Robin kort och går ut i köket. Han är inte alls lika öppen gällande relationer och känslor såsom hans tvillingsyster är. Men Ritva ger sig inte, utan följer efter honom ut till köket.

– Tänk att du och Stina är tillsammans! Det var väl roligt, hon som är så söt och trevlig. Väldigt rar tjej, måste jag säga. Ja då har vi två turturduvor i familjen nu då, säger hon och ler nöjt.

– Mmm.

– Träffade Lars också någon tjej i Parken? fortsätter Ritva, som börjar bli lite väl nyfiken.

– Fråga inte så jäkla mycket, mamma! Låt mig vara, svarar han irriterat och tar bullpåsen och går upp på rummet. Han är blöt om benen på grund av regnet och byter därför om till mysbyxor medan han har en bulle i munnen. Han knackar på Mias dörr medan han tar upp en tredje bulle ur påsen.

– Tja. Ska vi se en film? säger han och tuggar.

– Visst. Vilken? frågar Mia glatt. Hon ser ut som om att inget i hela världen kan få henne på dåligt humör just nu och han är glad för hennes skull. Lika glad är han för sin egen skull och det där lugnet som han vaknade med dagen efter examensdiskot i Parken håller i sig.

– Välj du. Bara det inte blir någon jäkla romantisk komedi, så får du fria händer att välja.

– Okej, jag kollar vad det finns. Kanske finns det någon bra på USB-minnet du fick låna av Lalla?

– Visst, om du gillar krigsfilmer så. Fast det finns nog ett par komedier där på med.

– Bra, jag kollar vad det är, säger Mia och sätter sig i soffan på hennes vanliga plats. Tio minuter senare har Robin hämtat en tillbringare med saft och två mackor med ost på åt dem var och på tv:n rullar American Pie 3.

När Lalla kommer hem från den regniga cykelturen tar han en snabb dusch innan han och Stickan äter middag. På bordet står det framdukat potatisgratäng och grillkorv. Stickan går omkring med sina tofflor som han brukar ha på sig på kvällarna. Han ser allmänt glad ut. Huset doftar svagt av vitlök, som han har kryddat gratängen med. När Lalla sätter sig till bordet, slår Stickan ut med armarna och suckar djupt.

– Jaha, det här är vad huset har att bjuda på ikväll. Lite potatisgratäng och korv, duger det?

– Det blir perfekt. Jag är riktigt hungrig, säger Lalla och börjar ösa på potatisgratäng på sin tallrik.

– Vad har ni gjort för något då? frågar Stickan nyfiket.

– Inget särskilt. Vi har mest funderat på vem som är Västervikspsykopaten. Stickan skrattar till.

– Jaså du! Vad har ni kommit fram till då? frågar han och saltar lite på sin mat. Lalla rycker nonchalant på axlarna.

– Ingenting egentligen. Det har mest varit några elever som vi tycker ser lite misstänksamma ut. Fast de har haft alibi. Fast vi har hittat en lärare som vi misstänker lite grann.

– Ja, polisen verkar ju inte lyckas få fram mycket. Allt de har fått fram är en massa bortförklaringar och ett fotavtryck. Kanske bättre de lämnar över utredningen till dig och Robin, skojar Stickan.

– Visst! Men då måste vi få en varsin tjänstepistol! De äter upp maten och Lalla hjälper sin pappa att diska. Sedan sätter de sig framför tv:n och tittar en stund. Det är någon form av frågesportprogram på tv men Lalla sitter mest och funderar på vad de såg i bilen för ett par timmar sedan. Lalla tittar upp från tv:n och ut genom fönstret. Det har blivit mörkt ute nu och regnet har upphört helt.

Innegården där de bor är bara svagt upplyst av ett par gatlyktor och det lyser i fönsterna hos folk. Han kan se hur det blå ljuset från tv-apparater flimrar hemma hos vissa. Hos andra lyser bara smålamporna medan hos några hushåll är det mycket belysning tänt, så man ser precis vad de gör. Då får Lalla plötsligt en idé.

Tänk om man kan se in till Ulriks lägenhet? Om man tittar in hos honom en stund så kanske man kan se någonting som verkar mysko!

Han vet att de ska ha en kikare någonstans hemma. Den ska egentligen vara i båten, men Stickan har inte varit nere med den ännu, det vet han, för han såg den på hatthyllan igår. Han reser sig plötsligt från soffan och går ut till hallen. Där ser han att den lilla hopfällbara kikaren ligger kvar på hatthyllan. Samma kikare som han förra sommaren använde till att spana på toplesstjejer från båten i smyg, vilket den fungerade alldeles förträffligt till. Det har han inte ens berättat för Robin om. Han tittar på klockan. Den visar 21.23.

– Pappa, jag går ut en liten sväng bara, ropar Lalla.

– Va? Ska du gå ut så här dags? svarar Stickan från vardagsrummet och sträcker på sig.

– Ja, jag ska bara ta en liten kvällspromenad. Jag går bara där det är upplyst, okej? ljuger han.

– Nja, det tycker jag nog inte. Det är mörkt ute nu och jag vill inte att du är ute själv så här sent.

– Nä, okej, suckar Lalla. Han misstänkte att svaret skulle bli nej och han förstår sin pappas oro.

– Jag åker snart till jobbet, jag jobbar ju natt denna vecka. Är det något så bara sms:a.

– Ja just ja, det gör du. Jag sitter väl uppe en stund till. Stickan går ut i köket och packar ner sin matlåda och ett par mackor som han ska ha med sig. Lalla tittar på klockan igen. 21.42. Stickan går ut i hallen och sätter på sig skorna och gör sig i ordning.

– Ses i morgon då, gubben! hörs det från hallen.

– Visst, hejdå! får Stickan till svar. Lalla hör hur Stickans fotsteg ekar ute i trapphuset. Porten öppnas och slår igen. Lalla har inga som helst planer på att lyda sin pappa ikväll, för han tänker minsann ta reda på vad den där Ulrik har för sig. Han slänger snabbt på sig sin jacka men ångrar sig och går in till sitt rum och letar efter den svarta tjocktröjan som han vet ska ligga någonstans. Strax efteråt halvspringer han ner för trapphuset och sätter sig på sin cykel i riktning mot Markörgatan där Ulrik bor. Vid ena änden på Markörgatan hoppar han av cykeln och ställer den vid sidan av trottoaren. Han tar upp mobiltelefonen och skickar ett sms till Robin. **"Är på Ulriks gata nu. Har med mig kikare. Återkommer om jag ser något intressant."** Robin är i sitt rum när mobilen plingar till.

Jäkla dåre, tänker han när han läser Lallas sms och flinar. Intill ena änden av Markörgatan går det in en smal skogsstig som leder in i ett litet parti av lövskog och därefter till ett villaområde. Lalla går in på skogsstigen en bit. Han vänder sig om och ser att han är själv. Det är nu kolsvart på himlen och bredvid sig står en gatlykta som lyser upp den lilla passagen med ett svagt gult ljus. Motvilligt söker han sig in mot mörkret i den lilla dungen. Det är blött i gräset och han hinner inte gå många steg förrän byxbenen blir blöta. Kikaren har han hängt runt halsen. Till höger snett framför honom ser han Ulriks lägenhetslänga femtiotalet meter bort. Till vänster om honom är det bara mörk skog som sträcker sig säkert en kilometer rakt in, ända bort till motorvägen. I den här

155

skogen lekte han krig som barn minns han, men nu var det länge sedan han var i de här trakterna. Här borde ingen kunna se honom. Här borde han kunna sitta och titta med sin kikare på fönsterna i lugn och ro utan att bli upptäckt. Det luktar förmultnade löv och gräs. Luften är sval och fuktig och Lalla undrar vid ett tillfälle vad han håller på med. Kanske han bara borde släppa det här löjliga detektivarbetet och låta polisen sköta sitt jobb i stället för att hålla på och blöta ner sig i skogen? Han närmar sig det stora trevåningshuset med sex lägenheter där Ulrik bor. Snabbt lokaliserar han den vänstra lägenheten på våning två där Ulrik bor. Motvilligt sätter han sig på huk i det blöta gräset så att han får stöd för armarna när han håller upp kikaren. En gren från liten björk rispar honom i ansiktet. En fönsterlampa utan skärm lyser i Ulriks fönster. Övriga lampor verkar vara släckta, men ett visst sken sipprar ändå in i vad Lalla tror är vardagsrummet.

Fan, det verkar inte som om han är hemma. Eller kan han möjligtvis vara på skithuset? Bäst att avvakta ett tag. Ser inte särskilt trevligt ut i lägenheten i alla fall. Riktig snuskgubbe, den där Ulrik Holmlund. Inga tavlor på väggarna. Äckligt gammalt kylskåp har han med. Där inne skulle jag inte vilja bo.

Lalla tittar på klockan som visar 21.59.

Okej, antingen skiter han väldigt länge, eller också är han inte hemma. För inte har han väl lagt sig redan?

Lalla beslutar sig för att vänta en liten stund till för att se om han kan upptäcka Ulrik, men hittills har han inte sett något som antyder på något särskilt i hans lägenhet. Han börjar inse att det kanske var en dålig idé att tro att man kan hitta något genom att glo in i någons fönster. Minuterna går och Lalla börjar bli otålig. Han ser att det lyser i fönsterna i några av de andra lägenheterna där Ulrik bor och tar därför och tittar lite i dem med medan han avvaktar på Ulrik. Längst ner verkar det bo en barnfamilj, för han ser hur en kille står och kokar något vid spisen. En flicka sitter vid köksbordet, eventuellt en vuxen kvinna men det är svårt att se. I den andra bottenvåningen ser han hur en tv står på. Verkar vara nyheter, för han ser hur någon står och pratar med mikrofon. Han tittar på klockan igen. 22.04. Nu börjar det bli kallt där han står på knä i skogen. Han är uttråkad nu men bestämmer sig för att ändå ge Ulrik en chans när han ändå har tagit sig ända hit mitt i mörkret. Med höger hand finjusterar han skärpan på kikaren och tittar till Ulriks fönster igen. Fortfarande ingenting. Tredje våningen har han ännu inte inspekterat. Den högra lägenheten verkar det inte vara någon hemma i. Där är det kolsvart, men i den vänstra lyser det faktiskt. Han ser att det hänger ett par vita gardiner som täcker en liten del av fönstret och en liten vas med någon rund växt som täcker det ena fönstret, men ändå kan han se in ganska väl. Det verkar vara vita tapeter med tavlor på. I brist på annat kollar han om han kan öka förstoringen något på kikaren för att kunna se vad tavlorna föreställer. Han lyckas zooma lite till, men bilden blir skakig. Lalla lägger sig ner på backen för att få om möjligt en något stadigare bild i kikaren. Nu fryser han ganska rejält och det har börjat blåsa en del. Några löv blåser upp mitt framför honom men dalar snabbt till marken igen. Hans svarta tjocktröja blir snart blöt men han struntar i det. Återigen ställer han in skärpan och riktar in kikaren mot våning tre för att för skojs skull se vad tavlorna föreställer. Han tycker dessutom det är kul att se vad en kikare kan gå för, han är ju trots allt säkert 60–70 meter från lägenheten, gissar han. *Jag hade fel, det är nog inga tavlor alls, det verkar ju vara foton på personer ser det ut som. Säkert någons barn eller nåt.* Skärpan är inte riktigt perfekt inställd. Lalla skruvar så försiktigt han kan för att om möjligt ställa in så det blir ännu lite skarpare bild. Han lyckas med det och det han ser får honom att nästan tappa kikaren.

– Men dra åt helvete! utbrister han tyst för sig själv. En kall rysning går genom hela hans kropp när han ser vilka fotona föreställer.

Det är ju för fan Frans och Jakobs ansikten på väggen! Och Mias! Vänta, det är ju flera bilder på Mia! Vad i helvete är detta? Då är det ju inte Ulrik som är mördaren, det är personen som bor här ju! Men vem fasiken kan det vara då?

Adrenalinet pumpar ut i blodet på Lalla och han börjar darra kraftigt. Pulsen närapå fördubblas på bara några sekunder, för han förstår att han med all sannolikhet har hittat personen som mördade Frans och Jakob. Han är helt på det klara med att han måste kontakta polisen på en gång, men nyfikenheten tar överhanden. Han måste få veta vem som bor på våning tre! Sedan måste han ringa hem till Lennersjös och varna dem! Han måste säga till dem att Mia svävar i livsfara!

Fast en minut kan jag offra först på att kolla upp vem jäveln är som bor i lägenheten. Tänk om det är någon jag känner…Bara en snabb koll på Eniro först, sen ringer jag direkt hem till Mia.

Han tar upp sin mobil och ska just knappa in Eniros hemsida när hinner höra hur någonting knakar till precis bakom honom. En tiondels sekund senare får han ett kraftigt slag i bakhuvudet och svimmar omedelbart.

Kapitel 19

Mia vaknar redan klockan halv nio på morgonen. Hon drar upp rullgardinen och ser att solen skiner. Idag är hon full av förväntan, för idag är dagen då hon ska få följa med sin nye kille Ulf ut till Måsskär och träffa hans föräldrar. Hon sträcker på sig i sängen och kollar sin iPhone. Tre nya meddelanden på Messenger från Stina och ett från Ulf, ett hjärta som han skickade sent igår när Mia redan hade somnat. Stina har lovat att följa med henne på stan på förmiddagen och köpa någon slags present till hans föräldrar som tack för att hon får bo där en natt. Hon kommer på att hon förmodligen är själv i huset, då Lisa och föräldrarna skulle till mormor och morfar på landet. Robin skulle ha tidig innebandyträning. Hon tar en snabbdusch och går sedan ner i köket för att äta frukost. Medan hon äter en tallrik med fil och flingor skriver hon till Stina att hon kommer förbi om 40 minuter. Om hon kände Stina väl så hade hon nog inte gått upp ännu och förmodligen skulle hon få vänta på Stina en bra stund innan hon var klar. Att köpa presenter var inte hennes starka sida och då var det bra att hon har Stina med sig för hon hade alltid en massa bra idéer på saker och ting. Det syntes även i hennes rum. Det fanns inte en pinal som inte var designat av någon kändis från tv och det mesta var i vitt eller i ljusa färger.

Stinas mamma var lika dan, överallt var det vitt hemma hos dem. Ibland önskar Mia att hennes egna föräldrar var lite mer moderna, med tanke på att källaren var i samma skick som när de flyttade in i huset. Medaljongtapeter, heltäckningsmatta och bruna lister. Som tur var hade Conny tapetserat om i nära nog alla andra rum i huset, fast lite ny badrumsinredning på övervåningen skulle inte skada.

Tidningen ligger hopvikt på köksbordet. Hon vecklar ut den för att se om det har hänt något särskilt. På förstasidan står något ointressant om minskat antal frikyrkopastorer i kommunen samt att en ny prylbutik ska öppnas på Hamngatan. Med en gäspning bläddrar hon vidare bak till sporten och höjer på ögonbrynen när hon ser att Robins lag verkar ha klättrat två placeringar sedan hon kollade senast. Egentligen är hon är hon inte särskilt intresserad av innebandy, men ibland när Robin spelar tycker hon det kan vara kul att åka ner och titta på. Fast egentligen följer hon inte spelet så noggrant utan pratar mest med Stina eller Karin uppe på läktaren. Mobilen ringer. Det är Conny.

– Hej gumman, är du vaken?

– Hej pappa. Jadå jag äter frukost just nu.

– Jaha, vad bra. Tänkte bara tala om att allt är bra här. Mormor och morfar hälsar till dig.

– Tack, hälsa tillbaka. Mia gäspar.

– Sen kan jag berätta att kanske, kanske har jag ett glädjande besked till dig, säger Conny klurigt.

– Vaddå för något?

– Eller rättare sagt, glädjande besked för alla i hela Västervik.

– Säg!

– En jobbarkompis ringde till mig innan. Han bor granne med en polis som berättade att dom hade tagit in en typ till stationen. Mia sträcker på sig och spänner blicken.

– Nä menar du? Vem var det för någon då?

– Alltså, de är inte alls säkra än, men polisen har tydligen haft span på en pundare en längre tid ute i Gamleby och nu har de tydligen plockat in honom till förhör. Men sprid inte detta vidare är du snäll. Om det ligger någon sanning i detta så lär det snart stå i tidningen ändå.

– Nej jag lovar. Men detta kan ju vara fantastiska nyheter! Tänk om de äntligen har fått tag på Västervikspsykopaten. Mia kommer på att hon har missat att starta kaffebryggaren. Hon reser sig och knäpper på knappen.

– Jag ska hjälpa mormor med att sadla på Freja nu, Lisa vill ut och rida. Vi hörs gumman, ha nu så trevligt ute på Måsskär med Ulf och hans föräldrar. Hoppas vi får träffa dem snart.

– Tack, ha det bra själva. Hälsa alla och klappa Freja från mig. Hejdå! Mia ler för sig själv. Medan hon går och hämtar kaffekoppen tänker hon på sina morföräldrar. Hon tycker så mycket om dem och just nu önskar hon att hon kunde vara där i stallet tillsammans med sin lillasyster och pappa. Bara få känna lukten av stall och få känna tystheten ute på landet. Särskilt den där stillheten när hon sitter på Frejas rygg någonstans mitt ute på en äng en vacker sommardag, när det är helt vindstilla och härliga blomdofter slår emot hennes ansikte. Fast hon klagar inte, för idag ska hon minsann få det roligt med. Sommaren har bara börjat och den har hittills börjat på ett mycket bra sätt. Medan hon sörplar i sig kaffet går hon igenom Instagram.

När jag är ute på Måsskär ska jag minsann lägga upp en bild på Instagram på mig och Ulf, så alla kan se vilken gobit jag har fått tag på. Inte ofta jag lägger upp bilder där, men ikväll, då jäklar. Hoppas nu bara inte hans föräldrar är så där stela och tråkiga som inte säger något, så att jag ska behöva dra ur dem meningar på dem.

Kapitel 20

Det är tisdag den 14 juni och klockan är 10.12. Det är nya tider för innebandyträning under sommarlovet. Just nu övar laget på straffar, men Robin är ofokuserad. Han skjuter i väg bollen på måfå och lever sig inte alls in i träningen såsom han brukar göra. Lalla har inte dykt upp på träningen och han kan inte förstå varför. De pratade ju om träningen så sent som i går eftermiddag, precis innan Lalla gick hem.

Vad fan kan han ha hittat på? Han kan väl ändå inte ha glömt att det är träning idag? Eller är han sjuk? Vi pratade ju om att sätta alarm på mobilen för att hinna upp i tid ju. Inte var det mörkt ute heller när han cyklade hem, så inte fasen borde han ha hunnit bli mördad? Mysko. Får ringa honom efter träningen.
Det är Robins tur med bollen. Han tar sats från halva planen och glider sakta framåt, ökar successivt farten, gör några fintar och får i väg ett dåligt skott som träffar rakt i magen på målvakten.

– Robin, nu får du fan börja engagera dig lite! skriker tränaren surt. Robin tittar upp men svarar inte utan joggar bort till de andra på planen. Efter träningen låser han upp sitt skåp i omklädningsrummet och tar fram sin mobil. En otäck känsla far igenom honom när han ser att inte Lalla varken har ringt eller sms:at honom. Inte ett ljud. Det här var inte likt honom. Klockan är 11.10 och han vill helst inte ringa till Lallas hemtelefon, för han vet att Stickan jobbar nattpasset denna vecka och sover just nu. De andra kompisarna snackar på som vanligt omklädningsrummet, men Robin sitter mest och funderar.

Någonting måste ha hänt. Men vad? Förmodligen finns det en logisk förklaring till att han varken har varit på träningen eller svarar i mobilen.

Efter en snabbdusch skriver han ett sms till Mia och frågar om hon har hört något från Lalla. Minuten senar plingar det till i Robins mobil. *"Hej! Nej det har jag inte. Kram"* När han har klätt på sig och har satt sig på cykeln, beslutar han sig för att ta svängen förbi cykelstället där Lalla brukar ställa sin cykel nedanför lägenheten där han bor.

Cykeln är inte här. Då är han förmodligen inte hemma alltså. Fan. Han kanske är på stan och tar en fika med någon kompis och har helt glömt bort både träning och mobil hemma. Skärp dig nu, Robin! Lalla har inte blivit mördad, bara för att han inte har hört av sig. Äh, nu skiter jag i det här, jag åker hem och käkar.

När han kommer hem har Mia inte kommit hem ännu. Han fick nyss ett sms från henne att hon äter pizza på stan med Stina. De skulle båda komma hem efteråt. Ännu ett sms. Från Stina. En bild på henne och Mia där de båda gör fåniga miner och gör slängkyssar, samt ett hjärta. Robin ler nöjsamt. Från frysen tar han fram två Gorbys och slänger in i mikrovågsugnen och tar fram mjölkpaketet från kylen. Han har egentligen ingen matlust, men äter upp båda pirogerna plus två glas mjölk ändå. De smakar knappt någonting.

Var fan kan han vara någonstans? Han kan väl för fasen höra av sig? Plötsligt slår det honom. *Just fan! Han kanske är hos sin morsa i Oskarshamn? Han pratade ju något om henne igår, men jag lyssnade inte så noga. Han har kanske åkt dit!*

Han känner sig något lugnare när han nu kommit på en rimlig förklaring. De spända axlarna sjunker genast ner något och den där jobbiga oroliga känslan börjar ganska snabbt försvinna. Han går in i vardagsrummet och slår på tv:n och sätter sig och slötittar lite medan han väntar på Stina och Mia. Efter bara ett par minuter flyger han plötsligt upp från soffan, rusar upp i badrummet på toan och sprutar snabbt på sig lite Axe deodorant.

Fan, kan ju inte lukta illa när Stina kommer.

Han för upp handen till munnen och andas, skakar lite på huvudet och genomför en snabb tandborstning med mycket tandkräm. Det dröjer inte många minuter innan hör hur nycklar börjar rassla i ytterdörren och tjejerna kommer in.

– Hallå! ropar de båda två nerifrån.

– Hej! ropar han tillbaka medan han lufsar ner från övervåningen, nu med både gelé i håret och en skvätt after shave på sig, lite osäker om det blev aningen för mycket. I hallen står Stina och fullkomligt lyser med de nykära ögonen när hon tittar på Robin. Hon sträcker sig försiktigt emot honom och ger honom en snabb puss på munnen.

– Tjena killen. Gick det bra på träningen? frågar hon med mjuk röst.

– Hejsan. Jadå det gick väl bra. Har det gått bra för er på stan då? frågar han medan har står kvar på det nedersta trappsteget med ena handen på räcket.

– Det gick bra tror jag. Mia hittade en liten presentförpackning till svärföräldrarna, skämtar Stina och puffar på Mia.

165

– Hörru, sluta kalla dem mina svärföräldrar! Fast de ska bli kul att få träffa dem faktiskt. Ulf har berättat lite om dem och de verkar vara trevliga. Apropå Ulf, han kommer förbi när som helst och hämtar upp mig. Det var visst ingen stor båt han hade, en utombordare med 25 hästar tror jag det var, säger Mia leende.

– Okej. Men då får ni ha det så trevligt då. Ring om det är nåt bara.

– Visst. Om det är någon täckning där ute, haha! Jag ska bara springa upp och hämta min väska, säger hon stressat och smiter förbi Robin i trappen. Robin passar på att ta ett varsamt tag om Stinas midja och han kysser henne ömt och länge. Hon smakar gott av läppglans. Rätt var det är så tutar en bil utanför. Det är Ulf som sitter i sin vita Golf av nyare modell. Han vinkar glatt och verkar vilja sitta kvar i bilen.

– Mia! Ulf är här nu! ropar Robin. Hon kommer nerrusande från övervåningen med en stor och tung väska över axeln. Robin ser granskande på henne.

– Ska du vara borta i en vecka eller? Eller ska ni leka charader?

– Äh, du förstår dig inte på tjejer, pucko. Vi måste ha med oss olika ombyten för olika tillfällen förstår du. Nu sticker jag! Vågar man lämna er själva i huset nu? retas hon och blinkar till Stina, som bara räcker ut tungan åt henne och ler. De kramas hejdå och Mia går ut med sin tunga väska ut till Ulfs bil. Robin och Stina ser på när de åker i väg ner mot hamnen medan de vinkar hejdå. Med ens blir Robin en smula brydd på vad de ska göra härnäst.

– Vill du ha en kopp kaffe? Jag var på väg att sätta på en kopp.

– Gärna! Hon som har varit hemma hos Robin och Mia så många gånger förut, fast aldrig i egenskap av Robins flickvän.

– Är inte Conny och Ritva hemma? frågar hon medan hon går in i köket. Här känner hon sig hemmastadd och hon tar fram kaffemuggarna från skåpet där de brukar stå.

– Nä, de har åkt till mormor och morfar över dagen. De kommer hem ikväll någon gång, svarar han medan han mäter upp tre skopor rågade mått med kaffe och lägger det i filtret. Helst av allt skulle han vilja strunta i det här jäkla kaffet, och bara slita av kläderna på Stina, men han väljer att gå den lugna vägen idag. Han vet att han har gott om tid att mysa med henne innan föräldrarna kommer hem, så han känner ingen panik. Dessutom gör han nog klokt i att gå lugnt fram, tänker han.

Efter kaffet, som de dricker tillsammans med Ritvas chokladsockerkaka i hammocken på baksidan, bestämmer de sig för att se en film på tv:n på övervåningen. Av någon anledning väljer de Titanic och av någon anledning så blir det mer hångel än filmtittande.

Tolv timmar tidigare vaknar Lalla upp, liggandes på ett kallt trägolv. Han märker snabbt att han är bakbunden. I munnen har han någonting stort och mjukt instucket och han känner att han dreglar. Huvudet värker något fruktansvärt av slaget han fick tidigare under kvällen. När han lyfter på huvudet så känner han hur kallt blod klibbar mot pannan. Det är kolsvart och luften är fuktig och han förstår att han måste befinna sig utomhus någonstans. Fast ändå verkar han befinna sig i ett rum tror han. Fötterna går inte heller att röra. Han sitter fast med dem med. Ännu en gång försöker han röra händerna och han grinar illa av smärta när repet spänner mot huden.

Vad i helvete är det här? Var fan är jag någonstans? Fan, mördaren måste ha kommit på mig igår! Men vem är han och VAR är han? Den jäveln! Fan att jag inte hann ringa polisen, fan också!

Han försöker skrika men har ingen chans att få fram någonting på grund av det där han har i munnen. Antagligen en tygtrasa eller en strumpa, tänker han. Nu som först känner han hur kallt det är och han huttrar rejält. I några minuter är han mest förbannad över att ha blivit slagen i huvudet och att han är bakbunden, men snart övergår ilskan i ren och skär rädsla, för han förstår att han med all sannolikhet snart kommer att bli mördad. Frågan är bara när. Frågan är bara hur.

En skrämmande insikt får Lalla att inse att han bara kommer att leva en ytterst kort tid här på Jorden och han får panik. Han tänker på sin mamma och han tänker på sin pappa. Han tänker på Robin och han tänker på att han absolut inte vill sluta sitt liv ännu och inte så här!

Varför i helvete skulle jag smyga i skogen på Ulriks lägenhet helt själv för?! Kunde jag inte bara ha hållit mig hemma? Klockan måste vara mitt i natten nu och pappa är på jobbet. Han kommer inte att börja leta efter mig än på många timmar. Robin! Han kommer definitivt att vara den som först undrar var jag är, när jag inte dyker upp på träningen.

En stark känsla av hopplöshet och förtvivlan far igenom hela hans kropp och han börjar att gråta. Han är så rädd, så fruktansvärt rädd, för han vet att snart är det slut. Det är tack och adjö.

Det kommer inte att bli något giftermål eller barn, det kommer aldrig att bli något välbetalt kontorsjobb eller villa. Inte heller några barnbarn och pensionärsliv, det kommer att sluta när som helst! Jag kommer bli misshandlad till döds precis som de andra två. Satan!

Med all sin kraft och frustration sprattlar han så mycket han bara kan, men trots det är han fortfarande lika hårt bakbunden om händer och fötter. Huvudvärken blir om möjligt ännu värre och han känner sig plötsligt matt och yr, och en viss illamående känsla i magen börjar göra sig påmind. Till slut lugnar han ner sig något men gråter i omgångar. Det är väldigt sällan han gråter, men nu gör han det. I mängder. Han känner sig tagen. Smällen i huvudet var hård och den kraft han nyss har gjort av med genom att sprattla i raseri tömde honom på energi. Tankarna snurrar runt i hans huvud, men mattheten tar snart över. Över en timme senare somnar han till slut och vaknar inte förrän han får en hård spark i magen. Han tappar andan för ett ögonblick och andas häftigt genom näsan. Snoret rinner ner längs kinden och på golvet och han får svårt att andas. Det har ljusnat ute. Han tittar upp på den som sparkat honom och aldrig har han blivit så förvånad i hela sitt liv som just nu. Han kan fortfarande inte vare sig skrika eller prata med trasan i munnen, men på något vis försöker han ändå säga något som inte låter som något annat än mummel.

Framför honom står Mias kille Ulf Strandmyr och tittar på honom med iskall blick. Ulf tar en djup suck innan han börjar prata.

– Lars, Lars, Lars… Varför i helvete skulle du komma på mig just ikväll för? Lalla märker direkt att Ulf har en helt annan dialekt när han pratar nu.

Han låter inte alls som en stockholmare, han låter ju mer som en norrlänning!

169

Ulf böjer sig ner och håller upp en kniv bara någon centimeter från Lallas öga. Han ryggar tillbaka så mycket han kan, men kommer ingen vart med huvudet. Ulf börjar med andra handen att dra ur tygbiten som är intryckt i Lallas mun.

– Ett enda skrik från dig och jag sticker ut ögonen på dig. Tro inte för ett ögonblick att jag inte vågar göra det, säger Ulf med lugn och behärskad röst och stirrar rakt in i Lallas ögon. Lalla hostar och spottar på golvet, men vågar inte yppa ett ord.

– Du ska inte tro för ett ögonblick att du ska kunna hindra mig från att vara med Moa nu! Inte nu när jag har kommit så här långt. Du måste förstå Lars, att det har tagit tid att komma så här nära Moa och ingen ska få komma i vägen för oss nu. Ingen! skriker han och blir svart i blicken. Men han ser ändå inte ut som någon mördare, för kläderna är så hela och rena och han är välrakad och håret är välfriserat. Det är endast ögonen som ser otäcka ut när han brusar upp. Ulf tar och sätter sig på golvet bara någon meter ifrån Lalla med lugna rörelser och ögonen återgår till en normal blick. Han ser hur Ulf knäcker med fingerlederna med varje finger så det låter. Det händer att han själv knäcker på fingerlederna ibland för skojs skull, men inte så här frenetiskt och med varenda finger såsom Ulf gör. Lalla ser sig snabbt omkring och konstaterar att de befinner sig i någon slags koja i skogen. Förmodligen i samma skog som han nyss hade legat och smugit i.

Varför i helvete kallar han Mia för Moa? För det måste ju vara Mia han menar, för hon var ju på bilden i hans lägenhet tillsammans med bilderna på Frans och Jakob. Är han helt vimsig i skallen? Klart han är, men han vet väl vad hon heter?

Lalla får inte ihop det.

– Ulf, är det verkligen du som har mördat Frans och Jakob? Säg att det inte är du! frågar han trots att han vet svaret.

– De var ett hot. Ett hinder, svarar han med samma lugna röst som nyss. Lalla ser frågande ut.

Tanken var aldrig att jag skulle behöva göra mig av med dig Lars, för du är inget hinder. Jag vet att du inte är intresserad av min Moa. Robin är av naturliga skäl inte heller något hot, då han är Moas bror, men de andra två kräken. De tänkte båda försöka förstöra för mig, och ta Moa ifrån mig.

– Men för helvete Ulf! Du kan väl inte gå omkring och mörda folk bara för att de är förtjusta i samma tjej som du! Jag är som du nyss sa inte kär i Mia, så mig behöver du inte mörda! Snälla! För helvete, Ulf! Lallas röst spricker när han ber om nåd, där han ligger helt hjälplös på golvet.

– Du är ju tillsammans med Mia nu, är du inte nöjd nu? Du behöver inte mörda mig! Bara lämna mig här i skogen, okej? ber Lalla i ett desperat försök att få bli skonad från att dö. Med trötta, nästan lite sorgsna ögon ser Ulf på Lalla.

– Tyvärr, Lars. Du vet nu om att det är jag som är mördaren, eller Västervikspsykopaten, som tidningarna så fint kallar mig. Jag kan inte låta dig leva. Jag tycker egentligen bra om dig Lars. Du har alltid behandlat Moa på ett fint sätt. Jag har haft koll på dig. De andra två kräken njöt jag av att ha ihjäl, men du… det är mera ett måste.

Har alltid behandlat? Hur länge har han känt till Mia egentligen? Hur kan han veta hur jag är med Mia? Han måste ha spionerat på oss allihop?

Lalla sluter ögonen och hoppas så evinnerligt på att när han öppnar dem igen så är allt bara en fruktansvärd mardröm. Han hoppas att han ska vakna upp ur drömmen och ligga i sin varma säng hemma i lägenheten. Men när han öppnar ögonen igen så är det den prydlige och välklädde Ulf som sitter och tittar på honom.

– Lars, jag måste naturligtvis se till att undanröja alla spår efter mig här så att ingen kan knyta morden till mig. Jag kommer att komma tillbaka om några timmar med en liten… överraskning. Ta det inte personligt. Ulf stoppar in den salivblöta trasan i munnen igen på Lalla som grimaserar illa.

– Vi ses snart, säger Ulf utan att göra en min och reser sig och går därifrån.

Vaddå för en jävla överraskning? Vad tänker han göra med mig? Varför hade han inte ihjäl mig på en gång för? Jävla psykopatjävel! Fan, det är kört! Jag kommer att dö, mitt ute i den här jävla skogen!

Lalla hyperventilerar så att snoret återigen yr från näsan.

Det måste finnas ett sätt att ta sig härifrån… Min mobil! Var är den? Såklart att Ulf har tagit den. Han skulle komma tillbaka om några timmar sa han. Men skulle inte han i väg med Mia till Måsskär i eftermiddag? Då kanske klockan bara är runt tolv nu? Så han kommer tillbaka om ett par timmar, har ihjäl mig och sen sticker i väg med Mia som om ingenting har hänt? Jävla psykopat! Och stackars Mia, hon vet ju ingenting! Fast henne tänker han ju i alla fall inte mörda, han älskar ju henne. Och inte Robin heller. Vad fan skulle jag ligga och spana på hans lägenhet för? Mitt jävla pucko!

Han ser sig omkring i den lilla stugan. Den är bara några få kvadratmeter stor och slarvigt byggd.

Det här måste vara en koja som några småungar har snickrat ihop. Vilket jobb att släpa hit alla brädor… Tänk lite nu, Lalla! Vad brukar de göra i filmer i sådana här situationer? Jo, hitta något vasst att skära loss repen med. Ser ingenting här… Inte ens en liten spik. Bara den där plaststolen och det där egensnickrade bordet… Vänta, vad är det som blänker där borta i hörnet? Är det verkligen en glasbit? Har jag sån tur? Visst fan är det så! Någon idiot har krossat en glasflaska och där i hörnet ligger en stor skärva. Men hur ska jag komma ända dit? Och hur ska jag kunna skära av de här tjocka repen? Lär ju ta flera timmar, dessutom lär jag skära mig i vartenda finger dessutom. Fast hellre det än att dö om två timmar. Måste försöka ta mig dit bara…

Ulf har gjort ett bra jobb med repen. Lalla sitter ordentligt fast bakbunden med en tjock tamp som först är lindad flera varv runt handlederna som sedan är spänt dragen vidare ner till anklarna med lika många varv runt dem. Först försöker Lalla göra ryckande rörelser för att komma framåt med dåligt resultat, men han kommer ganska snart på att han kan snurra ett halvt varv, från att ligga på vänster sida till höger, om han bara tar i allt vad han orkar. På det sättet kommer han betydligt längre än att försöka hasa sig fram. Men efter det tredje varvet så är han helt slut i kroppen. Dessutom har han slagit i näsan i trägolvet varenda gång och har nu riktigt ont. Han hamnar visserligen närmare glasbiten men det blir inte raka vägen. Svetten rinner ner längs ansiktet och hans t-shirt är genomvåt. Han måste vila en liten stund, annars kommer han inte att orka.

Bara ett par minuter, sen måsta jag justera så jag hamnar på rätt bana.

Han gissar att han har hållit på och kämpat på golvet i säkert tjugo-tjugofem minuter och han börjar bli stressad nu.

Det måste gå fortare! Tänk om inte glasbiten är vass? Tänk om jag inte får grepp om den så att jag kan börja karva i repen? Och tänk om den där jävla Ulf kommer tillbaka snart?

Rädslan driver honom att fortsätta med sitt rullande mot glasbiten och han tänker att om han hade fått välja mellan att springa en mil eller göra det här, så hade han lätt valt en mil. Lätt. Efter ytterligare en kvart är han framme vid glasbiten, men han ligger vänd åt fel håll för att kunna nå den. Näsan har åkt i golvet nästan alla gånger han har snurrat runt och han blöder nu kraftigt. Dessutom har den börjat att svullna. Blodet rinner stundtals in i munnen och han känner den söta speciella smaken som blandar sig med svett. Med sina sista krafter tar han och knuffar sig i rätt position för att nå glasbiten och efter några tappra försök får han till slut tag i den. Till sin stora lycka känner han att den ena sidan på glasskärvan verkar vara tillräckligt vass för att kanske kunna skära i repet. Han vet att Ulf kan komma när som helst nu, men krafterna är helt slut och han har inget annat alternativ än att vila. Åtminstone ett par minuter. Han måste. Medan han vilar lyssnar han efter ljud utifrån kojan som eventuellt kan vara Ulf men han hör inget.

Lugn nu, Lalla, lugn. Andas. Ta djupa andetag så att du syresätter kroppen, så återhämtar du dig snabbare.

Lalla andas så gott han kan via den tunna luftväg som finns kvar att andas genom, då munnen är täppt av en trasa och näsan är både svullen, snorig och blodig.

När både pulsen och andningen har sjunkit till hyfsade nivåer börjar Lalla att karva med repet med glasbiten. Det dröjer inte många sekunder innan han känner hur mjölksyran i hans underarm byggs upp och gör det nästan omöjligt att hålla den takt han har. Med fingret känner han efter om glasbiten har lyckats skära sönder en del av repet och han tycker sig känna att det kan vara lite fransar av trasigt rep han känner. Med nytt hopp och mer energi

174

fortsätter han att föra glasbiten fram och tillbaka över repet, fast i något lugnare takt så inte mjölksyran slår till igen. Han pausar. Spänner ut med armarna så att repet blir om möjligt ännu spändare, fast han gör det helt i onödan. Händerna sitter lika hårt som innan, trots att han tycker sig ha kommit en bra bit på det första repet. Hela tiden pendlar han mellan hopp och förtvivlan.

Det kan gå, det kan gå. Om jag bara får en timme till så kanske jag har kommit loss så pass att jag kan resa mig raklång och hoppa jämfota härifrån. Fy fan vad jag ska hoppa! Fast kommer Ulf in i kojan nu så är det kört, då dör jag. Fan vilken hemsk mening. "Då dör jag." Är livet verkligen slut strax? Ska det behöva sluta så här? Snälla gode Gud, låt mig för en gångs skull ha lite tur nu. Låt mig åtminstone få karva mig fri från repen så jag kan få en ärlig chans att ta mig härifrån.

Lalla hinner inte tänka klart meningen förrän han hör att någon är utanför kojan. Innan han vet ordet av så står Ulf framför honom i kojan igen. Han är andfådd han med. Han ser stressad ut. I handen bär han en konsumkasse med något i.

Helvete! Han får inte se att jag har en glasbit i handen. Måste gömma den.

Lalla trycker upp glasskärvan så långt upp mellan repen och handleden han kan, trots att han känner hur glaset skär in i huden. Han har lust att skrika rakt ut av smärta, men gör inte en min mot Ulf, utan stirrar bara på honom.

– Hej Lars. Jag ser att du har roat dig med att slå sönder din näsa. Tyvärr så kommer du inte härifrån, hur mycket du än försöker. Din resa slutar här, Lars. Det är lika bra att du inser det. Din nyfikne jävel! Ulf plockar upp någonting ur konsumkassen samtidigt som han vänder ryggen mot honom och ställer sig vid det lilla bordet i mitten av kojan.

Vad är det han plockar upp ur kassen? Vad ska han göra? Tänker han skjuta mig? Eller plåga mig till döds? Vad är det för något? Ett värmeljus? En plastflaska också? Plötsligt går det upp för Lalla vad Ulf har i görningen. Ulf vänder sig långsamt om mot Lalla och tittar ner mot honom på golvet.

– Du stressar mig, Lars. Det här skulle inte ha hänt. Jag har egentligen inte tid med det här för jag ska strax åka iväg till Måsskär med Moa som du säkert redan känner till. Som du nog redan har listat ut så kommer det så småningom att börja brinna här inne i kojan. Fast när väl ljuset jag snart kommer att tända, har brunnit ända ner till tändvätskan som jag snart kommer att hälla över både dig och lite överallt i kojan, kommer jag att vara på Måsskär med Mia. Hon är mitt alibi till att jag var någon helt annanstans när du omkom i en brand i skogen. Ulf tar fram våtservetter och lägger på bordet, men öppnar inte förpackningen. I stället ställer han värmeljuset på bänken och plockar bort den lilla aluminiumformen. Under ljuset lägger han ett par nävar tort gräs. Sedan häller han ur innehållet från plastflaskan både på bordet, på väggarna, på det torra gräset och på golvet. Sedan tvekar han någon sekund innan han häller en skvätt tändvätska på Lallas kropp. Lalla får panik och försöker skrika och skakar febrilt på huvudet, som en gest till Ulf att låta bli. Ulf reagerar över huvud taget inte på vad Lalla gör på golvet utan bara fortsätter att hälla ut de allra sista dropparna på bordet kring ljuset. Sedan ställer han försiktigt ner plastflaskan på golvet bredvid bordet och torkar av sina händer noggrant med två våtservetter. Återigen fäster han blicken på Lalla, som har svårt att fokusera blicken då han bara ligger och skakar av rädsla. Till råga på allt känner han att han har kissat på sig. Förnedringen är nu fullkomlig, det kan inte bli mycket värre än så här.

– Lars, jag måste skynda mig nu, Mia väntar på mig. Jag vet inte om det är någon tröst, men jag kommer inte att skada Robin och jag kommer alltid att behandla Moa som den prinsessa hon är, säger han med ett svagt, på gränsen till vänligt leende. Därefter ser Lalla hur Ulf tar fram tändaren och tänder ljuset. Sedan går han lugnt ut från kojan och stänger den lilla dörren och haspar den utifrån, utan att så mycket som att snegla på Lars.

Kapitel 21

– Var ligger din stora havskryssare någonstans? skojar Mia och smeker Ulf på armen. Han ler mot henne medan de åker förbi Sankt Petri kyrka och svänger ner på Bredgatan.

– Ja du, min jättestora båt ligger ute på Vituddens marina. Jag tänkte att vi kunde ta en glass nere vid torget innan vi åker. Vill du ha det? Det är ju så fint väder, så det passar väl? frågar han artigt. Mia nickar och ler.

– Absolut! De stannar till vid Fiskaretorget och köper en varsin mjukglass. Innan Ulf stiger ur bilen så luktar han diskret på sina byxor och tröja så att han inte luktar tändvätska, men han känner inget. De sätter sig en liten stund på en bänk och gassar i solen.

Mia njuter av varenda minut i Ulfs sällskap. Hon stortrivs med livet just nu och tycker att sommarlovet inte kunde ha börjat bättre. Värmen stiger för varje timme och just nu är det riktigt varmt där på bänken. Fiskmåsar hörs på långt håll, kön till glasskiosken växer till sig och barn springer runt och leker kring stånden som är framför glasskiosken. När hon ätit upp sin glass tar hon upp mobilen och skriver ett snabbt sms till Ritva. *"Hej, äter just nu glass på Fiskaretorget, åker till Måsskär strax. Hälsa mormor och morfar! Puss, Mia"*.

– Hälsade du från mig? undrar Ulf. Även han tycker det är varmt och knäpper upp en knapp i skjortan.

– Oj, det missade jag. Förlåt! säger hon gör en skyldig min.

– Det gör inget, jag bara skojar. Du har väldigt trevliga föräldrar måste jag säga. Och dina morföräldrar, vad goa de är! ler Ulf.

– Tack, vad gulligt sagt, säger hon och torkar sig om munnen.

– Vänta, du missade lite där. Jag har nog ett par våtservetter i fickan, säger Ulf och tar upp sin servett och river upp förpackningen och torkar lite vid Mias mungipa. När han sträcker sig fram så kan hon inte låta bli att sniffa lite på honom. Han luktar gott av rakvatten och hon får lust att kyssa honom här och nu, men hejdar sig. Men det luktar någonting annat också känner hon. En välbekant doft är det men hon kan inte sätta fingret på vad det är.

– Känner du att det luktar starkt av något, Ulf? Han ryggar genast tillbaka i ren reflex.

– Nej det känner jag inte. Kanske kommer nerifrån någon av båtarna bakom oss. Alltid spiller man något när man tankar. Nähä, om vi skulle ta och åka. Eller vad säger du, sötnos?

– Hihi, absolut! Kom så går vi! Hand i hand går de mot Ulfs nypolerade vita Golf.

– Just det, ja. Mia, jag har glömt att berätta en viktig sak. Jag hoppas att du inte blir sur på mig nu bara, säger han avvaktande.

– Varför skulle jag bli sur på dig? Vad är det du har glömt att berätta?

– Jo, min pappa ringde i förmiddags och sa att de inte kunde komma ner till stugan i helgen. De väntade visst på någon soffa de hade beställt, så de kommer inte. Det blir bara du och jag där ute, hoppas det inte gör något? Blir du arg? frågar han lite försiktigt och sneglar på Mia som ser snopen ut.

– Näe det gör väl inget… Då får vi väl mysa själva i stället, säger hon glatt. Ulf visar ingen min, men pustar ut inombords. Hans planer fortsätter att gå i lås. De åker den korta biten ner till marinan och parkerar bilen.

– Då ska vi se om båten har sjunkit sen sist, eller om hon ligger kvar, säger Ulf och tar täten ner mot bryggan. Mia går efter och bär sin väska. De går ut på en ranglig brygga och Ulf stannar till och tittar ner på en liten styrpulpet.

– Här har vi pärlan!

– Nämen! Vad fin. Vad heter hon? Mia ställer ner väskan på bryggan och studerar båten.

– Får jag presentera Esmeralda 2, säger han stolt och låser upp hänglåset som båten sitter fast med.

– Den är inte så stor men den duger åt mig och mina föräldrar. Jag hoppar ombord så kan du väl räcka mig våra väskor va?

– Visst!

– Tackar. Gör dig hemmastadd så ska jag se om hon startar. Han går och sätter sig på förarplatsen och vrider om nyckeln. På andra försöket startar den 25 hästar starka Mercurymotorn och ett dovt brummande hörs i aktern. Mia har satt sig längst fram och sitter och studerar Ulf. Hon kan inte låta bli att tycka att han ser lite ovan ut, men tänker att han antagligen inte hade någon båt där han bodde tidigare. Men det gör ingenting, för hon tycker han ser stilig ut där han sitter. Han har solglasögonen på sig och hans slanka, fina armar har en lätt solbränna.

– Ulf, ska jag börja lossa tamparna? frågar hon vant.

– Ja tack!

Ett par minuter senare är de klara för avfärd och Ulf backar försiktigt ut Esmeralda 2. Mia ler framme i fören. Hon lutar huvudet bakåt och vänder ansiktet mot solen. Hon kisar lite upp mot himlen och ser att molnen börjar så smått dra ihop sig och långt in på fastlandet är det faktiskt en del mörka moln. Det är inte alls lika vindstilla som i morse och Ulfs lätta lilla båt gungar en del när de lämnar hamnen och styr vidare bort mot Gränsö Kanal.

– Jag antar att du inte behöver sjökort till Måsskär?

– Nädå, dit hittar jag utan problem. Jag har åkt den vägen så många gånger innan, så det är lugnt. Sitter du bra där framme?

– Jajamän. Går det bra att köra?

– Det går bra. Säg till om du fryser, så slänger jag fram din tröja, säger Ulf vänligt.

– Tack, men än så länge går det bra.

Hon ser sig omkring medan de sakta puttrar igenom den vackra kanalen. Vid kanterna ser hon hur stora stenar fyller sidorna längs hela kanalen och länge upp ser hon vackra hus och hon avundas ägarna för husens vackra lägen. Det gröna gräset frodas och fullt av fina blommor växer överallt. Hon känner sig stolt över att ha en pojkvän som har båt och hon kan knappt bärga sig tills hon får se den mysiga lilla stugan som Ulfs föräldrar äger. Snart är de igenom kanalen och de far ut på öppnare vatten. Rakt framför dem ligger Torrö och Ulf girar något åt styrbord och följer sedan farleden en liten bit. Mia ber om tröjan och hon ser hur molnen snabbt drar ihop sig. När hon åker med Lalla har hon aldrig känt av någon sjösjuka, men Ulfs båt är betydligt mindre och lättare och den guppar ganska mycket på vågorna.

– Ulf! Kan du tänka dig att köra lite saktare? Det guppar nog lite för mycket för min smak, säger hon försiktigt. Ulf får genast en allvarlig min.

– Oj, förlåt! Jag tänkte inte mig för, självklart ska jag köra saktare.

Han är verkligen omtänksam och snäll, Ulf. Ingen machokille, bara snäll och omtänksam, precis som jag vill ha det.

Mia ler till svar.

Det kan nog bli bra det här. Undra vad han har för planer ikväll… Tyckte jag såg en flaska rödvin i hans väska innan. Det blir perfekt. Jag har aldrig hört talas om Måsskär innan. Det såg väldigt litet ut på kartan. Fast Lalla visste tydligen var det låg. Verkar bara finnas ett hus där.

Ulf ser oroligt på Mia.

– Hur går det, gumman? Känner du dig sjösjuk? Kör jag för fort?

– Det går bättre nu.

– Vilken tur! Vi är framme alldeles strax. Titta, där framme är den lilla ön. Visst är den mysig? Ulf pekar på ön med den lilla söta stugan.

– Nämen titta! Ja den ser verkligen mysig ut! Är den verkligen dina föräldrars? Vad fin!

Ulf kör ett halvt varv runt ön där bryggan som tillhör stugan finns. Mia hjälper till att förtöja båten, sedan går de hand i hand upp för de kala klipporna och vidare den lilla biten upp till stugan. Den är röd och ganska liten. På tegeltaket syns en skorsten och på framsidan ser hon en fin delvis inglasad uteplats. En väderbiten liten flaggstång med vimpel är fastgjuten på en klipphäll en bit ifrån stugan. Ulf börjar leta efter nyckeln i fickan. Han låser upp den gamla dörren och öppnar försiktigt.

– Ja stig på nu, säger han spänt. Mia kliver in och ser sig omkring. Det luktar lite instängt, men det är ingenting hon stör sig på. Det blir ju lätt så i äldre stugor, särskilt om ingen har varit här på ett tag, tänker hon.

– Åh, vad mysigt det var här! Tänk att bara vi två ska sova här i natt, säger hon och kramar om Ulf. Precis innan hon stänger dörren efter sig känner hon hur det börjar att regna.

– Vilken tur att vi hann hit innan regnet.

– Ja verkligen. Ibland måste man ha tur. Ja, det är inte så stort, men ganska mysigt. Det är bara ett litet pentry, sedan är det storstugan så att säga. Där inne är det ett sovrum där mina föräldrar sover, pekar Ulf. Storstugan är mörkt inredd med gammeldags möbler. Tapeterna är mörkbruna soffan är även den mörkbrun och ser ut att vara från 70-talet. Längs ena sidan av rummet finns en svart bänk med en gammal grammofonspelare på. Den öppna spisen tycks vara väl använd och det ligger en del aska kvar. Bredvid spisen ligger en liten hög med torr ved. Den klassiska målningen på fiskargubben med en pipa i munnen hänger på en liten tavla på höger sida om spisen. Hela stugan ger ett intryck av att det är ett äldre par som äger stugan och Mia förstår att Ulfs föräldrar antagligen är ganska gamla.

– Okej! Men var sover du när du är här?

– Öhh, jag sover här i soffan. Jag tror jag får tända en liten brasa snart för jag har en känsla av att den kan bli kyligt annars, tror du inte det?

– Jo, vad mysigt! Du och jag framför en öppen spis. Vad romantiskt! Det här har du verkligen planerat bra! De kysser varandra en bra stund, tills Ulf avbryter.

– Jag skulle kunna stå här med dig hela kvällen, jag lovar, men jag tänkte vi kunde börja packa upp maten för jag börjar bli hungrig. Eller vad säger du?

– Absolut. Ulf startar i gång det gamla kylskåpet ute i pentryt och Mia packar upp potatissallad och revbensspjäll. Ute hör hon hur regnet tilltar alltmer och det blåser vita gäss ute på sjön. Mia tycker det är märkligt hur vädret kan svänga så fort.

– Ulf, ska vi börja elda lite kanske? Det är faktiskt lite kallt, säger hon och tar sig för armarna.

– Ja självklart! Det ska vi göra. Jag tog med en flaska vin, blir det bra? frågar han lite avvaktande.

– Det blir jättebra!

– Vi kanske ska ta och öppna den redan nu? Och skåla för en mysig kväll tillsammans? Mia nickar leende och går ut i köket efter glas. Hon passar på att se om hon har fått några meddelande på mobilen, men upptäcker att hon inte har täckning här ute. Ulf får snabbt fyr i spisen och det knastrar om de torra vedpinnarna. När Mia kommer ut från köket har Ulf redan öppnat vinflaskan.

– Nämen, har du redan förberett? Den flaskan känner jag inte till, vad är det för en sort?

– Det är mitt favoritvin, Brunello di Montalcino. Det är ett italienskt vin, svarar Ulf och ser på Mia.

– Har du druckit den sorten mycket? Hon ser frågande på Ulf.

– Nja, några gånger har det väl blivit. Jag tycker den har en väldigt len och fin eftersmak. Passar bra till grillat till exempel.

– Det blir säkert jättebra. Säger du att det är gott så är det säkert det. Ulf häller upp i de båda glasen och ger sedan Mia ett av dem.

– Skål Mia. Kul att du ville följa med mig ut hit. Hoppas nu att vi får en riktigt mysig kväll ikväll.

– Skål! Det är jag övertygad om att vi får, säger Mia och slår försiktigt sitt glas mot hans. De står en stund och kramas framför brasan. Ulf lägger in några pinnar till och Mia känner hur värmen från elden når hennes kinder. När de en stund senare går ut i pentryt för att fortsätta med maten, har Ulf druckit upp sitt glas medan Mia har druckit ungefär hälften. Hon känner redan av alkoholen och börjar bli lite fnittrig.

Kapitel 22

Inte ens i den otäckaste av alla otäcka, vidriga mardrömmar kunde Lalla ha föreställt sig en sån fruktansvärd situation som han nu befinner sig i. Han tittar på lågan som fladdrar lätt uppe på bordet. Han känner den fräna lukten av tändvätska, han känner hur den har trängt igenom hans kläder. Om han hade kunnat så hade han knäppt sina händer och bett till Gud om nåd, men händerna är fortfarande hårt fastbundna bakom hans rygg. Han ber ändå. Om att få överleva detta fruktansvärda trauma och bara kunna få springa härifrån. Samtidigt tackar han Gud för att Ulf inte hittade hans glasbit, för då hade han nog redan varit död nu. Eller legat och skrikit medan håret och kläderna brann. Med ena handen försöker han återigen fiska fram glasbiten som han gömde under repen. Det gör ont när han med två fingrar drar fram den längs huden på underarmen. Det finns inget att tveka på, det är bara att börja karva på repen igen. Han får bli hur jävla trött som helst men repen ska bara av. Om han mister ett par fingrar på kuppen i ren iver – spelar ingen roll, repen ska bara av! Medan han karvar funderar han på hur lång tid han har på sig innan ljuset har brunnit ner och tänder eld på det tändvätskeindränkta gräset. Ljuset är ett vanligt värmeljus och han funderar på hur länge ett sånt brukar brinna. Han gissar på två-tre timmar. Om två-tre timmar kan den lilla kojan stå i lågor, precis som Lalla. Han föreställer sig hur det kan kännas då kläderna på hans kropp börjar brinna och sprider sig vidare till hans ansikte och hår. Kommer han andas in eldslågor ner i lungorna? Kommer han dö först när blodet blir så hett av elden att det stelnar i ådrorna och det inte kommer fram till hjärtat som det ska, eller kommer han att hamna i nån form av chock och svimma av smärta då skinnet smälter på hans kropp innan han till slut dör? Med stor möda försöker han slå bort de tankarna och bara koncentrera sig på att skära i repet det snabbaste han kan.

Efter en bra stund är faktiskt rep nummer två helt av. Armarna pulserar av värk och mjölksyra. Ångorna från all tändvätska börjar göra honom yr i huvudet. Han tittar upp mot bordet där ljuset står, men ser inte hur mycket det har brunnit ner. Däremot ser han hur lågan fladdrar till emellanåt och han önskar att det hade kunnat komma en kraftig vindpust och blåst ut ljuset, men det gör det inte. Men han märker att det har börjat att regna utanför. Dock är taket på kojan alldeles för välbyggt för att släppa igenom några regndroppar. Strax efter att han har börjat karva på det tredje repet så börjar hans tumme att krampa.

Satans jävla tumjävel! Inte få kramp nu! Det går inte!

Han försöker stretcha tummen genom att trycka den mot golvet och det verkar för tillfället fungera. Krampen släpper och han fortsätter karva. Oroligt sträcker han lite på sig för att återigen titta på ljuset. Nu ser han att över hälften har brunnit ner. Det klibbar av allt blod han har i handflatorna och han undrar hur många skärsår han har fått av allt karvande. Blodet gör att han emellanåt tappar greppet om glasbiten. Dyrbara sekunder försvinner när han försöker leta efter den med handen bakom sig.

Om jag bara kan få loss ett par varv av repet till, då borde åtminstone händerna vara fria. Då har jag bara repet mellan handen och fötterna kvar, för om jag får av det med så borde jag kunna sparka upp dörren med benen, trots att fötterna fortfarande sitter ihop. Bara jag kommer ut härifrån, sen skiter jag i om benen sitter ihop, jag kan hoppa hem!

Återigen krampar tummen av all ansträngning och den här gången känns det värre och han måste offra dyrbara sekunder till att vila tills tummen känns bättre.

Hemma hos Robin har filmen just tagit slut, men varken Robin eller Stina har märkt det. Stinas tröja och bh ligger slängd i soffans ena hörn, liksom Robins t-shirt. Robin är i sjunde himlen och han tror att Stina har haft det trevligt med. Han sätter sig upp och harklar sig.

– Har du det bra? frågar han. Stina ler med trötta ögon.

– Mmm. Du då?

– Mycket bra. Det här ångrar jag inte för fem öre.

– Vilket? undrar Stina.

– Oss. Du och jag. Varför har vi inte blivit ihop tidigare för? Han stänger av tv:n och lägger tillbaka fjärrkontrollen på soffbordet.

– Vet inte riktigt. Men jag har allt haft ögonen på dig länge ska du veta. Men det har känts så konstigt att vara intresserad av min bästa kompis brorsa. Förstår du?

– Ja det gör jag. Förbjuden frukt, på nåt sätt.

– Nåt åt det hållet.

– Men till slut blev frestelsen för stor, fnissar hon och sätter sig upp och ger Robin ännu en kyss.

– Jag är verkligen glad att det blev vi två, ska du veta.

– Samma här. Robin ler. Han är både lycklig och stolt. Stolt över att äntligen ha fått sin Stina som han har trånat efter så länge. Stina, som han har sett så många gånger här hemma när hon har varit med Mia, men aldrig vågat direkt prata med. När han tänker efter så har hon av alla de tjejkompisar Mia haft hemma varit den som har tittat lite extra på honom, men det är inget han har tänkt på förrän nu.

Äntligen fick jag se Stinas bröst! De var lika fina som jag har fantiserat om. Nä, bättre! Vilka jäkla pattar! Snacka om att jag är i sjunde himlen...

– Är du törstig? Jag kan hämta något att dricka.

– Ja tack.

– Fixar det. Blir det bra med Fanta? frågar han halvvägs ner i trappen.

– Det blir alldeles utmärkt, svarar Stina leende medan hon knäpper sin svarta nyinköpta bh i spets i ryggen. Nere i köket kommer han att tänka på Mia och Ulf. Han tänker på Lalla.

Tänk om inte han är hos sin morsa? Även om han är där så borde han väl ha hört av sig?

En olustig känsla kommer plötsligt över honom.

Mia på en lite ö tillsammans med Ulf... kanske är Ulf som är mördaren? En bibliotekarie? Hehe, knappast. Ulf verkar inte kunna göra en fluga förnär. Fast i och för sig, "i de lugnaste vatten går de fulaste fiskarna" lyder ju ordspråket... Fast det gäller nog inte den lugne, snälle bibliotekarien Ulf. Vad fan heter han i efternamn, Strandmyr? Udda efternamn. Undra om han finns på Facebook. Robin tar upp mobilen och söker på Facebook efter "Ulf Strandmyr". En person finns det som heter så. Ingen bild. Robin trycker på info, men allt som står där är att personen är 24 år och att han kommer ifrån Ånge.

Mias Ulf är ju 24 år har jag för mig, men inte var han väl från Ånge heller? Han var väl ändå från Stockholm någonstans? Det låter ju så när han pratar i alla fall.

Robin stänger ner Facebook och öppnar webbläsaren i stället och söker på "Ulf Strandmyr". Tre namn dyker upp. Två i Malmö och en i Ånge, men ingen i Stockholm. Inte ens i närheten av Stockholm.

Jävligt mysko… Jag ringer Mia och kollar att allt är bra. Kan ju fråga henne om Ulf verkligen kommer ifrån Stockholm. Jag kanske har fattat fel…

Signalen går inte fram och han förstår att det måste bero på att det inte finns någon täckning där ute på ön. Han lämnar bara ett kort meddelande till Mia där han frågar om allt går bra och att hon gärna får ringa när hon har tid. Uppifrån övervåningen ropar Stina.

– Hallå därnere! Går det bra?

– Jadå, jag försökte bara ringa Mia och höra att allt var bra men jag kom inte fram, ropar han medan har tar Fantaflaskan i ena handen och glasen i den andra. En snabb inspektion i armhålan och han konstaterar att han fortfarande luktar okej.

– Hon klarar sig nog ska du se. Kom, jag är törstig! När Stina ser Robin komma upp i trappan ser hon att han har en allvarlig min, nästan på orolig.

– Vad är det, hjärtat? Är det Mia du tänker på? Stina tar emot glasen och Fantan och ställer det på bordet.

– Alltså, jag tycker det är mycket som inte stämmer idag, säger han allvarligt och sätter sig i soffan igen.

– Vad menar du? Att Mia svarar är väl inte så konstigt. Det brukar vara dålig täckning kring öarna där hon är.

– Nja, jag tänker på till exempel Lalla. Han har inte hört av sig på hela dagen och han var ju inte med på innebandy-träningen i morse. Jag tänkte att han kanske har stuckit till sin morsa, men även om han har gjort det så borde han ju ha ringt eller messat när han ser att jag har skrivit till honom. Jäkla nöt ifall han bara skiter i mig. Fast det brukar han inte göra… Och sen det här med Ulf. Vad vet du om honom egentligen?

– Inte så mycket. Bara att han är vår bibliotekarie på skolan och att han kommer från Stockholm. Han är inte särskilt modemedveten, men de kläder han har på sig är alltid rena, nystrukna och ser nästan skräddarsydda ut, har du tänkt på det? frågar Stina och smeker Robin på underarmen. Han svarar inte utan bara stirrar ner på sitt glas med Fanta.

– När jag var nere i köket nyss så kollade jag om han finns på Facebook och jag hittade bara en enda person som heter Ulf Strandmyr och han kommer ifrån Ånge. Det ligger ju i Norrland. Ulf pratar ju stockholmska.

– Fanns det ingen bild på honom då?

– Nej, bara info om att han är 24 år och kommer ifrån Ånge. Kollade på Eniro.se. Där står det att det finns tre som heter likadant, varav två i Skåne och denne person i Ånge. Ingen i Stockholm, är inte det jäkligt märkligt? säger Robin och ser allvarligt på Stina. Nu börjar även hon förstå att det kanske det kanske finns ett samband mellan mystiken med Ulf och Lallas försvinnande. Hon ryser längs hela armarna och upp mot nacken av tanken.

– Du menar väl ändå inte att du tror att det är någonting skumt med Ulf, Robin? Tror du att det är han som är Västervikspsykopaten? Du menar väl inte det!? Stinas ögon blir alldeles uppspärrade och hon blir nu lika orolig som Robin. En lätt panik sprids i hennes kropp och hon börjar svettas i pannan.

– Lugn lite. Så illa kan det väl ändå inte vara. Hur stora är oddsen att just våran Mia skulle blivit drabbad av mördaren? Kan vi inte göra så här att vi tar en runda och letar lite efter Lalla? Jag kan börja med att ringa hans mamma och är han inte där så kan vi väl cykla ner och kolla vid hans båt? Tänk om han och Stickan kanske har sovit över där i natt? Man vet ju aldrig, vi behöver ju inte ana det värsta, men jag skulle faktiskt vilja kolla upp det här lite. Följer du med ner till Lallas båt? Stina nickar oroligt på huvudet.

– Ja, självklart! Snälla, ring Lallas mamma så går jag och klär på mig så länge. Hon ser ut genom fönstret.

– Fasen Robin, det regnar ute nu. Har du paraply?

– Jadå, svarar han och ringer numret till Lallas mamma Ann-Katrin, men får beskedet att han inte är där. De går ut och torkar av de blöta cykelsadlarna och fäller upp paraplyerna. Innan de åker ända ner till hamnen till båten, svänger de förbi hemma hos Lalla och Stickan för att kolla ifall han har dykt upp.

Samtidigt jobbar Lalla frenetiskt med att fortsätta skära av repen någonstans långt inne i skogen. Han uppskattar tiden som ljuset har brunnit till minst en och en halv timme, men han är långt ifrån säker. Han börjar bli rejält orolig nu, för det är inte mycket stearin kvar på värmeljuset. När som helst kan värmen från ljuset bli så pass högt att det tänder gräset som ligger under ljuset och då lär det går fort, för så gott som hela stugan är indränkt i tändvätska.

Samtidigt som han fortsätter skära gråter han i panik. Han vill inte dö! Rörligheten i händerna är nu riktigt bra och han kan känna med fingrarna att det bara är ett varv med rep kvar att skära, sedan är åtminstone händerna fria. Hela tiden pendlar hans tankar mellan hopp och förtvivlan. Framför ser han rubrikerna i Västervikstidningen, "Tredje offret för Västervikspsykopaten", eller "Man hittad död i skogen". Bara lite till så är händerna fria.

Med nästintill omänsklig vilja fortsätter han att skära med glasbiten bakom ryggen. Tändvätska har kommit in i såren runt vristerna och i handflatorna, och det svider. Ännu en gång testar han att spräcka repen runt händerna och med ett svagt knak går den sista biten av repet av. Han är fri! Men endast runt armarna. Planen att försöka karva loss repet mellan händerna och fötterna struntar han i, för han tror inte att han har tid för det innan det börjar brinna i kojan. I stället hasar han sig fram mot dörren och försöker knuffa upp den. Det går inte. Pulsen är hög nu och han andas kraftigt så gott det går genom den uppsvällda och blodiga näsan. Han kommer på att han nu faktiskt kan ta ut den äckliga tygtrasan ur munnen, och genast får han tillgång till mer syre. Det funkar inte att knuffa upp dörren från golvet där han ligger och han kan inte sparka upp dörren på grund av att han fortfarande sitter fast med ett kort rep mellan händerna och fötterna, vilket innebär att han måste ha av den biten av rep för att kunna, om möjligt, sparka upp dörren. Glasbiten ligger en meter bakom honom, mitt emellan honom och bordet med ljuset. Ännu en gång börjar han häva sig framåt, och med armarnas hjälp går det snabbt att få tag på glasbiten, men av stearinet är det nu ingenting kvar. Förskräckt ser han hur det börjar att flamma upp på bordet och lågan sprider sig snabbt nerför bordet runtomkring i stugan. Lågorna närmar sig honom med hög fart. Med sina sista krafter skär han så mycket han bara orkar med glasbiten och med händerna fria går det betydligt snabbare. Men elden når honom på bara några sekunder och byxbenet börjar brinna. Det blir snabbt en kraftig rökutveckling i kojan och Lalla hostar och börjar få svårt att se för all rök. Det bränner rejält på byxbenet men Lalla ser ingen annan möjlighet än att ignorera smärtan och fortsätta försöka skära av repet, för han inser att det är hans enda chans att överleva. Desperat rycker och drar han flera gånger i repet men det går inte, han måste få av lite mer innan det finns möjlighet att rycka av den sista biten. Elden sprider sig snabbt vidare upp till Lallas tröja och han måste avbryta för att slita av sig tröjan. Hettan är enorm nu och röken gör att det svider i lungorna. Så fort han fått av sig tröjan fortsätter han att karva. Syret försvinner fort och han börjar återigen bli yr i huvudet. Han är totalt slut och han funderar på om det inte är dags att ge upp och bara lägga sig ner och dö. Mjölksyran i armarna är ofattbar. Han tillåter sig själv att ta ett par sekunders vila för att sedan göra ett sista försök att få av repen. Går det inte nu är det tack och god natt, det vet han. Elden flammar upp bakom hans rygg och sprider sig snabbt vidare upp i taket. Hela kojan är nu som ett enda eldhav och han ser knappt längre var dörren är. Han byter hand ännu en gång och fortsätter karva tills armen inte vill röra sig mer. Med sina sista krafter skriker han allt vad han orkar medan han tar i för att slita av den sista biten rep. Det lyckas, han är loss!

Vimmelkantig hasar han så snabbt han kan bort mot dörren och sparkar på den. Det går inte. Nu känner han hur det luktar bränt av hans eget hår. Han kommer upp på fötter, tar sats och slänger sig mot dörren i ett absolut sista försök att komma därifrån. Med ett brak bryts haspen bort från dörren och han landar med en duns utanför kojan. Han har lyckats komma ut från den brinnande kojan men än är inte faran över, för det brinner fortfarande på båda byxbenen och han skriker av smärta samtidigt som han hostar vilt av röken som trängt ner i lungorna. Lyckligtvis regnar det ute och efter att han har rullat några varv på marken så lyckas han släcka elden. Smärtan av den intensiva elden som nyss plågat hans ben gör att han skriker och gråter om vartannat, men han tillåter inte sig själv att stanna upp och vila. Skulle han sätta sig ner nu och pusta några minuter så vet han att han kommer gå in i chock och det får inte ske. Absolut inte nu. Han måste få tag på Ulf! Mia är i stor fara och han fruktar för hennes liv, för även om Mia verkar vara Ulfs allt, så verkar han vara så pass psykiskt störd och oberäknelig att om Mia skulle på något sätt göra något som inte faller honom i smaken så kanske även hon ligger illa till. Men benen är fortfarande hopknutna. De sitter som tur var fast med en dåligt knuten knop och snart är även benen fria. Ögonen rinner av all rök från kojan, men ganska snart har han lokaliserat sig. Här känner han igen sig, här lekte han som barn. Han uppskattar att det är max fem-sex hundra meter till baksidan av Ulfs hus och ytterligare hundra meter till sin cykel.

En vild kamp mellan extrem utmattning och desperation börjar nu för Lalla. Hans ansträngda lungor gör det svårt för honom att andas men han springer genom den regniga skogen så snabbt han kan och han har bara en tanke i huvudet, han måste hinna rädda Mia innan det är för sent! Planen är att ta sig ner till sin båt så fort som möjligt och köra ut till Måsskär på något sätt oskadliggöra Ulf. Hur det ska gå till vet han inte, han vet bara att han måste försöka.

Det finns ingen tid att stanna till hemma och ringa polisen, för han kan ändå knappt göra sig förstådd just nu med sin förstörda röst. Kanske kan han köra så pass vårdslöst med båten på vägen dit att någon ringer polisen? Kanske. Han hoppas det. Han vet inte var han får sina krafter ifrån, men snart sitter han på sin cykel och är på väg ner mot hamnen och han hinner tänka en tacksamhetstanke att innebandyn har gett honom en så pass bra kondition som han trots allt har, för hade han varit otränad så hade aldrig hans lungor fungerat så här bra som de ändå gör just nu. Båtnyckeln som sitter på hans nyckelknippa är som tur var fortfarande kvar i byxorna. Regnet öser ner och det svider på de uppbrända låren. Det ömmar om näsan och han har nästan ingen känsel i armarna på grund av all mjölksyra som fortfarande är kvar. Snart passerar han Stadsparken på vänster sida. Regnet gör att han nästan är ensam ute på gatorna. Bara ett par minuter senare kör han förbi slottsruinen där Visfestivalen brukar hållas varje år och lite längre fram ser han hur två personer har trotsat regnet och är ute och cyklar. En kille och en tjej ser det ut att vara. I händerna har de ett varsitt paraply.

Vänta nu…De ser bekanta ut. Men för helvete, det är ju Robin och Stina! Vad gör de ute i regnet nu?

Överlycklig att få se några han känner igen skriker han på dem med sin hesa röst. De vänder sig om och ser att de är Lalla. De är på väg ner till Lallas båt för att se om det är där han har hållit till de senaste timmarna. De blir både glada och förvånade när de ser att det är Lalla som har skrikit på dem i det kraftiga regnvädret. Robin skiner upp som en sol när han ser Lalla.

– Lalla! Vad fan, där är du ju! Men snabbt ser Robin att någonting är fel. Det är någonting som har hänt med honom.

– Hur är det fatt egentligen? Vad har hänt? Du ser ju helt förjävlig ut! säger Robin och stirrar på honom handfallet. Stina säger ingenting, hon bara stirrar på Lalla och funderar på vad i hela friden han har råkat ut för. Lalla stannar inte cykeln utan bara saktar ner och viftar med armen.

– Skynda er! Följ med! Jag förklarar på båten, kom! Kom fort som fan, Mia är i fara, det är Ulf som är mördaren! Robin får en skräckslagen min som är otäck för Stina att se. Han slänger sig upp på cykeln och följer efter Lalla, som redan är tjugotalet meter före. Stina följer efter. Lalla vänder sig om. Robin ser att hans vän ser fruktansvärt tagen ut och han undrar vad han har råkat ut för, men väljer att inte fråga mer just nu.

– Hjälp mig att lossa båten, vi måste till Måsskär fort som fan! hostar Lalla och det går knappt att höra vad han säger. Robin svarar inte, han vet vad han ska göra. Han vet var alla tampar sitter som han ska frigöra och han cyklar ikapp och förbi den trötte Lalla ute på bryggan och slänger sig av cykeln framför båten. Stina kommer strax i kapp dem ute på bryggan.

– Har du larmat polisen? undrar Robin medan han lossar ena tampen. Lalla skakar på huvudet och svarar med ansträngd röst.

– Har inte hunnit! Stina uppfattar vad Lalla säger.

– Åk ni, jag larmar polisen! Jag säger att mördaren befinner sig på Måsskär! De andra svarar inte, utan koncentrerar sig på att få loss båten så fort som möjligt. Robin ger bara Stina en hastig blick. Hon ser en hemsk oro i hans ögon och hon tycker så synd om honom. Och naturligtvis synd om Mia.

Herregud, Mia! Måtte du fortfarande vara i livet tills grabbarna kommer.

Stina hinner knappt reagera förrän grabbarna redan har backat ut och är trettiotalet meter från bryggan. Aldrig har de kört ut från hamnen så fort. Hade det varit fint väder och gott om folk i hamnen nu, så hade de definitivt ganska snabbt blivit anmälda för vårdslöshet. Men nu ösregnar det ute och de ser inte till en enda person. Stina ska precis ta upp sin mobil och kontakta polisen när hon upptäcker att mobilen är borta. Hon kommer genast på att den ligger kvar hemma hos Robin uppe i soffan. Hon svär högt för sig själv och sliter tag på sin cykel och cyklar så fort som möjligt in mot stan igen. Siktet är inställd på McDonalds, där borde det finnas en telefon att få låna tänker hon, men hon är brutalt medveten om att minuterna tickar på alldeles för fort nu.

Kapitel 23

I köket ute på Måsskär är Mia i pentryt och letar efter bestick. Ulf lägger in ett par pinnar till i den öppna spisen. Han är ofattbart nöjd med dagen hittills. Han har lyckats träffa sin älskade Moa igen och de är alldeles för sig själva på Måsskär. Han tänker att han hade tur när han hittade den här ön som det bodde ett äldre par i. Det hade inte varit några större besvär att ha ihjäl dem och gömma liken på ön utan att bli upptäckt. Ön låg ju relativt skymd för andra. Visst hade det varit lite grisigt att slå ihjäl dem, torka upp allt blod, bära bort dem bakom buskarna och gräva ett djupt hål med mera, men det är som de säger – ändamålen helgar medlen.

Att det fortfarande är ganska smutsigt i stugan, det får han försöka stå ut med tills vidare, även om det äcklar honom. Båtnyckeln hade legat i gubbens byxfickor och att sedan ta reda på vilken båtplats de hade till den lilla styrpulpeten hade han ordnat snabbt via ett telefonsamtal till marinan. Här på ön skulle han ha sitt eget lilla kärleksnäste för honom och sin Moa, där de kunde rå om varandra alldeles för sig själva. Han tänker göra allt för att Mia ska trivas i hans närvaro. Han ska bli den bästa pojkvännen hon någonsin kan tänka sig! De ska gå på bio, de ska äta mysiga middagar och han tänker skämma bort henne med utomlandssemestrar så småningom. Kanske det även kan bli barn lite längre fram? Det enda som möjligtvis bekymrade honom just nu var hur han skulle lägga upp den fortsatta lögnen med sina föräldrar. Hur skulle han bära sig åt med den biten, när så småningom Moas föräldrar kanske vill träffa dem? Det får han fundera på, men det kommer lösa sig. Helt säkert kommer den biten att ordna sig med, bara han får sätta sig i lugn och ro och fundera lite. Lite lugn och ro, tillbakalutad hemma i sin fåtölj med lite klassisk musik på låg volym i bakgrunden, antagligen en area av Verdi. Eller Puccini kanske passar bättre? Det får han också fundera på längre fram, men nu tänker han bara njuta av den här stunden med sin älskade Moa, som äntligen hade blivit hans.

Vinglaset står precis bredvid honom på golvet vid den öppna spisen. Det är nästan tomt. Ulf har tar upp det och sveper den sista skvätten från sitt andra glas och han börjar nu känna av alkoholen ganska kraftigt. Han vet så väl att han inte ska blanda sina mediciner med alkohol, men ibland bara blir det så. Det brukar gå bra, vet han. Förutom en gång påminner han sig om och då somnade han ganska snabbt.

Det sprakar vackert i spisen och dess livliga lågor lyser upp det lilla rummet som för övrigt är nedsläckt. När han reser sig upp tar han ett hjälpsteg och inser att han nog kanske inte ska ta mer vin på ett tag. Det är bättre att Moa får sitt glas påfyllt, tänker han. Han går bort till soffbordet där flaskan står, tar med sig den och går ut till köket där Mia förbereder maten.

Gud, vad vacker hon är min Moa! Hennes blonda hår lägger sig perfekt på hennes slanka axlar. Tänk att min lilla tjej från dagis har vuxit upp och blivit så vacker! Och nu är hon bara min… Jag lyckades verkligen att hitta henne igen, ända här nere i Västervik. Helt otroligt men här är hon, livs levande.

– Hallå där, skönhet! Hur går det? Mia vänder sig om och ser hur Ulf står vid ingången till det lilla pentryt med vinflaskan i handen. Han ler och ser nöjd ut.

Är han lite berusad redan? Vi har ju inte ens hunnit äta. Han kanske är lite spänd. Han har nog inte haft så många tjejer tidigare i sitt liv.

– Hej. Det går bara bra. Jag har tagit fram tallrikar och bestick. Vill du ta ut dem till bordet så bär jag in revbenen? Hon slickar sig lite på fingret som hon fick lite potatissallad på nyss. Ulf gillar vad han ser och tycker det ser sexigt ut.

– Kan vi inte vänta lite med maten en stund? Vi kan väl ta en skål? säger han och fyller på Mias glas med den sista skvätten ur flaskan.

– Det tycker jag att vi gör. Skål Ulf och tack för att jag fick följa med till dina föräldrars ö. Det är verkligen jättemysigt här! Medan hon tar en klunk av vinet passar Ulf på att ta ett tag om henne runt midjan. Han går runt henne utan att släppa taget om midjan och nosar henne i nacken och viskar till henne.

– Vi behöver väl inte ha så bråttom med maten?

– Hihi! Nä det behöver vi inte. Du kanske har någon bättre idé?

– Kom! Han tar försiktigt tag i hennes båda händer och drar med sig henne in till rummet. De sjunker ner i soffan och börjar kyssas. Plötsligt hejdar han sig och sätter sig upp.

– Vänta, jag har någonting som jag tror du kommer att gilla. Mia ser frågande på honom. Han går bort till grammofonspelaren och sätter sig på knä framför den.

– Mia, tycker du om klassisk musik? Hon blir förvånad av frågan och tänker snabbt att den enda klassiska musik hon känner till är han den där Mozart och låten från "Beppes godnattstund".

– Nja, jag vet inte riktigt. Tänker du sätta på en gammal LP- skiva med klassisk musik? frågar hon lite sömnigt. Hon kan inte riktigt förstå varför han skulle avbryta deras romantiska stund för att sätta på nån gammal skiva, men säger ingenting. Hon ser att han fumlar borta vid grammofonspelaren medan han tar fram en skiva och lägger på tallriken.

– Jag tänkte att vi behöver komma i stämning. Den här kommer du att gilla! Det här är Agnus Dei och är skriven av Samuel Barber, säger han och går fram till Mia igen och sätter sig framför henne med uppspända ögon. Oavsiktligt börjar han att knäppa med sina leder på fingrarna medan han tar ett djupt andetag och ser på Mia. Hon fnissar till när hon hör hur det knäpper om hans fingrar.

– Men hörru, inte behöver du vara nervös nu heller. Du behöver inte förföra mig mer. Jag är ju redan din, din tok! Hon drar honom till sig och börjar kyssa honom igen, men störs något av den konstiga och sövande klassiska musiken som spelas i bakgrunden och hon konstaterar snabbt att de inte alls har samma musiksmak. Ulf blir mer och mer upphetsad och blir en aning hårdhänt. Han söker sig med händerna under Mias tröja och upp mot brösten, men Mia känner att det hela går lite för fort.

– Ulf, vi har hela kvällen på oss. Ta det lugnt, viskar hon.

– Självklart, men jag har svårt att hejda mig. Du är så vacker Moa, viskar han i hennes öra. Mia reagerar snabbt på vad han sa.

– Va? Kallade du mig Moa? frågar hon och rycker till.

– Öhh, nej. Jag sa "Mia". Du hörde fel bara, säger Ulf med lugn röst.

– Jaha, jag tyckte bara du kallade mig för Moa i stället för Mia…

– Du dricker nog för mycket rödvin, försöker Ulf skoja. De fortsätter kyssas. Mia ligger snart ner på rygg i soffan igen och hon glömmer snabbt bort att hon tyckte han kallade henne för Moa. Ulf nafsar henne i nacken och hon ryser till av njutning. Hon vrider lite på huvudet så att han kommer åt nacken lättare och hon låter blicken falla bort på en byrå på vänster sida om spisen. Där får hon syn på ett fotografi av två personer med en liten flicka i tioårsåldern. Hon börjar bli lite fundersam över fotot och knackar Ulf på ryggen.

– Vilka är det där på fotot där borta? Ulf vänder sig om och ser på fotot och dröjer något med svaret.

– Det är mina föräldrar.

– Men… det är ju en tjej på bilden? Vem är det? frågar hon nyfiket. Nu ser hon hur Ulf blir irriterad. Ögonen på honom blir plötsligt svarta och ögonbrynen dras ihop och hela hans minspel utstrålar aggressivitet nu.

– Det spelar väl för fan ingen roll! Ska du studera på foton eller ska vi ha det mysigt?! Hur vill du ha det egentligen? Va?! skriker han rakt i ansiktet på Mia, som blir rädd. Han känner att han inte längre kan kontrollera sitt humör, särskilt inte nu när han har fått vin i sig.

– Men herregud, jag bara frågade. Du behöver väl inte bli så himla arg bara för att jag undrar lite om din familj? Hon sätter sig upp i soffan och hon känner hur tårarna är på väg att komma. Genast känner hon en klump i halsen och undrar hur Ulf plötsligt kan gå från att vara den lugna trevliga killen till ett… ett monster? Ulf känner att han har tappat kontrollen över situationen nu. Han förstår att han inte borde kanske ha blandat vin tillsammans med all den medicin han äter dagligen för att hålla sina sinnen i schack. Men nu är det för sent, han kan inte längre tänka klart och hans Moa har börjat ana oråd.

– Ulf, du skrämmer mig lite nu faktiskt. Jag ville ju bara veta vem flickan på bilden bredvid dina föräldrar var. Jag bara tyckte det var lite konstigt, eftersom du har sagt att du inte hade några syskon. Ulf svarar inte utan stirrar bara rakt in i elden medan han knäpper i sina fingerleder. Mia behöver inte många sekunder på sig att fatta ett beslut.

– Jag tror nog att jag vill åka hem faktiskt. Mia snyftar och torkar tårarna med baksidan av händerna. Blixtsnabbt vänder sig Ulf om och stirrar återigen med den där iskalla hårda blicken som han hade nyss.

– Du ska ingenstans! Fattar du? Du har förstört allt, Moa! Allt! Varför i helvete skulle du lägga dig i för? Varför skulle du fråga om foton och mina föräldrar för? Moa, du är inte den du en gång var! Han skriker mot Mia så saliven stänker. Mia gråter och får panik. Hon skriker tillbaka.

– Men varför kallar du mig Moa hela tiden för?! Vad fan är det med dig, Ulf?! Jag blir rädd för dig när du håller på så här. Kan vi inte bara åka hem? Snälla?! Det var nog ingen bra idé det här, säger hon och försöker resa sig från soffan. Hon får en kraftig smäll från Ulfs handflata och faller tillbaka ner i soffan med ett skrik.

– Aj! Vad håller du på med?! Är du inte riktigt klok?! Jag tänker åka hem nu, var är båtnycklarna? Ge hit båt-nycklarna säger jag! Nu! Ulf ser uppjagat på Mia och försöker andas lugnt.

– Förlåt om jag slog dig, men låt mig förklara en sak.

– Du behöver inte förklara något, du slog mig och det kommer jag aldrig förlåta! Är det så här du blir när du får i dig alkohol? Ge hit båtnycklarna! Nu! Mia börjar desperat se sig omkring för att se om nycklarna ligger någonstans i stugan, medan Ulf tar fram ett litet foto ur sin plånbok.

– Vänta, titta bara på den här bilden så kommer du att förstå! Titta!

Mia tittar motvilligt på fotot som Ulf håller fram. Det föreställer en liten blond tjej med flätor.

– Det här är du! Det är du på bilden, du heter inte Mia, utan Moa! Moa Bergström från Ånge heter du egentligen. Du vet inte om det, men du dog för många år sedan. Sedan återuppstod du och föddes som Mia, förstår du. Kommer du verkligen inte ihåg mig Moa? Vi älskade varandra redan som barn! Minns du verkligen inte? Vi lekte på dagis ihop. Mia ser med skräckslagna ögon på Ulf som nu har en hemskt intensiv blick riktad på henne.

Han ser tokig ut! Vem är han egentligen? Men herregud, är det Ulf som är Västervikspsykopaten? Är det verkligen så? Eller är han bara en annan galning? Nej, det är han! Vilken idiot jag har varit! Fan, kommer han att mörda mig med? Åh, herregud! Vad ska jag ta mig till?! Vad ska jag göra, jag är mitt ute på en liten ö i ösregnet? Ingen lär höra om jag skriker nu, och ingen täckning har jag på mobilen. Fan också!

– Snälla Ulf, gör inte så här! Kan vi inte bara åka in till fastlandet igen? Du har nog druckit lite för mycket bara. Tror du inte det? Vi kan åka in till hamnen igen, så kan vi åka hem till dig eller mig i stället, vad tror du om det? Mia försöker få Ulf så lugn som möjligt, för att få honom att ta med sig henne tillbaka in till Västervik igen. Bara hon kommer in till hamnen så har hon åtminstone en chans att rädda sig. Det borde finnas folk i och omkring hamnen som hon kan ropa på hjälp till, tänker hon. Fast Ulf ser allt annat än lugn ut. Han inser att fasaden har spruckit. Han är avslöjad och det finns ingen återvändo. Hans älskade Moa har förrått honom av någon anledning han inte kan förstå.

– Älskade Moa, jag vet inte varför du vänder dig emot mig nu, när vi äntligen har hittat tillbaka till varandra efter alla dessa år. Varför? Det här kunde ju bli så bra! Plötsligt reser han på sig och går runt i storstugan som en yr höna. Han river sig i håret och tar sig för hakan. Det syns att hans hjärna går på högvarv. Vinet har gjort honom rejält påverkad och han snubblar till flera gånger. Av misstag river han ner Mias vinglas på golvet så det går i kras, men han verkar inte ens märka det. Han stannar upp och stirrar på Mia medan han drar sig i fingerlederna igen, som han alltid tycks göra när han blir nervös. I bakgrunden hör fortfarande Mia den där konstiga klassiska musiken och hon önskar att den bara kunde ta slut.

– Moa! Jag är återigen uppriktigt ledsen för att jag slog dig, men jag tror att du kan förlåta mig så småningom. Men vi måste fly du och jag. Vi är inte säkra här, nu när du vet min bakgrund. Vi ska bort härifrån till en säker plats långt bort där ingen kan störa oss. En plats helt enskilt där vi bara kan ägna åt oss varandra för resten av våra liv, låter inte det fantastiskt?! Jag har planerat allt, Moa! Det är ju du och jag, vi är menade för varandra, det är bara det att du nog inte har insett det ännu. Jag har redan förberett ett ställe till oss, förstår du! Stugan här på ön är bara tillfälligt. Men du måste samarbeta med mig, du kan inte vara så motsträvig mot mig något mer. Kan du lova mig att samarbeta med mig, älskling?

Mia är i chock och kan knappt fatta att Ulf är samma person längre som nu står och pratar helt osammanhängande och konstigt framför henne.

– Jag tänker inte följa med dig någonstans, jävla dåre! Du är ju sjuk i huvudet! Mia rusar upp från soffan och börjar gå mot pentryt, men hinner inte gå många steg förrän Ulf träffar hennes huvud med vinflaskan. Slaget är inte hårt, men tillräckligt för att det svartnar för ögonen på henne.

Kapitel 24

Lalla lägger full gas och båten kommer snabbt upp i nära topphastighet redan innan de kommer fram till Gränsö kanal. Han är tvungen att minska på hastigheten vid den tvära svängen precis innan kanalen börjar, men sen gasar han igen så att svallvågorna stänker långt upp på land. Robin har fullt sjå att hålla i sig och vindbruset gör att de får skrika till varandra.

– Vad fan är det som händer egentligen?! Hur vet du att Ulf är mördaren?

– Därför att den jäveln försökte nyss att ha ihjäl mig ute i en koja i skogen! Han försökte tutta eld på kojan medan jag låg där bakbunden, men jag lyckades smita, flåsar Lalla som fortfarande har svårt att få luften att räcka till. Robin ser frågande ut.

– Jag kunde inte låta bli att smyga på Ulrik Holmlund i går kväll, men upptäckte att han var oskyldig. Lägenheten bredvid visade sig tillhöra Ulf och där inne kunde jag se bilder på både Frans, Jakob och Mia. Jag hann knappt se något förrän jag måste ha blivit upptäckt av Ulf, för han slog ner mig och jag vaknade in nån jävla koja i skogen med bakbundna händer. Han är sjuk i huvudet, Robin! hostar Lalla ansträngt.

– Vad i helvete är det du säger?! Är det sant? Robin får nästan skrika. Vinddraget och det kraftiga regnet gör det svårt att höra varandra. Trots att vindrutetorkarna är på så är det svårt att se på grund av allt regn. Strax utanför kanalen gasar Lalla återigen upp på max och han ser en segelbåt som ligger på svaj en bit ut. Avsiktligt kör han farligt nära den med förhoppningen om att de ska kontakta polisen. Robin ser sig om. Rejäla svallvågor får segelbåten att guppa rejält, men han ser ingen som tittar upp. Det är för mycket regn i luften för att se och de har redan hunnit en bra bit därifrån.

– Hur fan ska vi kunna rädda Mia? ropar Robin.

– Jag har en idé men jag vet inte om den är bra, ropar Lalla tillbaka.

Några minuter efter att Mia fick ett slag i huvudet, kvicknar hon till av att ett ihärdigt regn som piskar mot hennes ansikte. Ganska snabbt inser hon att Ulf har bakbundit hennes händer och de är på väg ner mot båten igen. Han bär henne i famnen längs de hala klipporna. Hon försöker slita sig loss, men Ulf är för stark.

– Vad gör du? Din jävel, vad håller du på med?! skriker hon och försöker hela tiden ta sig loss. Ulf svarar inte utan sätter ner henne på backen och föser henne snabbt ner mot båten på den hala klipphällen. Det hörs någonting i omgivningen och Mia ser ut över bryggan och vidare ut i det mörka vattnet. Någonting där ute rör sig och närmar sig bryggan hastigt. Ulf stannar till och verkar bli överraskad av båten som sekunderna senare gör en inbromsning, en kraftig sväng och lägger sig intill bryggan. Väldiga svallvågor väller upp på klipporna och Mia skriker när hon ser att det är Robin och Lalla som hoppar ur båten och närmar sig dem. Lalla går ett par meter före Robin och han ser både vansinnig ut och väldigt härjad, med sitt sotiga ansikte, blodiga näsa och svedda byxor.

– Lalla, hjälp mig! Han är galen! Lalla svarar inte utan har hela tiden en fast blick på Ulf. I handen håller han i en båtshake och höjer den som om han vore beredd att kasta den mot Ulf.

– Släpp henne din jävel! Nu!

– Var fan kom ni ifrån? Kunde inte jag och Mia få vara ifred? Och hur kom du loss, Lars? Du skulle ju vara död nu! skriker Ulf nervöst och skiftar blicken flera gånger mellan Lalla och Robin. Mia tittar häpet på Ulf.

– Död?! Robin och Lalla delar på sig så de kommer från varsitt håll mot Ulf, som hela tiden håller ett hårt tag om Mias armar.

– Hörde du inte vad Lalla sa? Släpp Mia på en gång, det är över, din sjuke jävel! skriker Robin ursinnigt. Medan han sakta tar sig allt närmare Ulf och Mia håller han ena armen dold bakom ryggen. Ulf ser nervöst på killarna och vet inte vad han ska göra. Stressen är påtaglig och alkoholen gör att hans balans är dålig.

– Ulf, jag kommer att spetsa dig med båtshaken om du inte släpper Mia nu på en jävla gång! Du har fem sekunder på dig! Lalla höjer båtshaken och gör sig beredd. Han siktar på Ulfs mage. Ulf grinar illa och funderar på hur han ska göra. Han tar ett nytt, hårdare tag om Mia och håller om hennes hals och viskar högt i hennes öra.

– Jag trodde att du hade förlåtit mig, det var ju aldrig meningen att tända eld på dig på dagis, förstår du väl. Men jag förstår nu att du inte har det. Du inser väl att jag måste döda dig nu, innan du dödar mig? Ulf gräver med ena handen i fickan och får upp en liten fällkniv. I ögonvrån ser

Mia kniven och skriker för sitt liv. Allt går nu väldigt snabbt. Ulf höjer upp handen för att hugga Mia i halsen, men just som han ska hugga, höjer Robin handen som han hittills har haft bakom sin rygg och riktar en nödraket mot Ulfs rygg och avfyrar den. Med ett tjutande ljud och ljusexplosion skjuter den i väg som en projektil och träffar Ulf i ryggen. Den borrar sig fast i hans kläder och Ulf skriker av smärta. Lalla kastar sig fram och puttar undan honom från Mia så att han landar på klipphällen. Snabbt tar Robin tag i Mia och håller om henne medan Ulf ligger och skriker av smärta på marken. Lalla springer fram till Ulf och sparkar undan nödraketen från hans brinnande kläder och sätter sig på hans rygg. Mia ser gråtande på hur Ulf kvider av smärta medan hon håller om sin bror.

– Mia, det är över! Vänta så ska jag ta bort repen. Såja, det är över nu, han kan inte göra något mot dig längre. Snabbt frigör han händerna på Mia och springer sedan bort till Lalla. Frestelsen blir för stor för Robin, som måttar ett par hårda sparkar i sidan på Ulf, som tappar andan och börjar hosta kraftigt. Två av hans revben går genast av och han vrider sig av smärta.

– Håll upp händerna på den jäveln så binder jag fast honom, säger Robin. Lalla ser på Ulf med avsky medan han håller ett hårt grepp om hans händer.

– Din jävla sjuka lilla gris! Du kommer aldrig att komma ut från fängelset efter det här!

Det pyr fortfarande från Ulfs kläder när Robin och Lalla släpar Ulf upp mot flaggstången och ett fult och blodigt sår syns där nödraketen borrade sig fast i Ulfs rygg. Uppe vid flaggstången binder de fast honom hårt. Ulf försöker streta emot så mycket han kan, men han har ingen chans. Han är ursinnig och hans ögon är otäckt uppspärrade.

– Vänta bara Moa! En dag kommer jag att ta mig ut från fängelset och då kommer jag efter dig, din slyna! Din förrädare! Hur kunde du svika mig! Kom ihåg vad jag har sagt, Moa! En dag kommer jag ut och då ska jag döda dig!!! Robin håller om en gråtande Mia medan de och Lalla går in i stugan och stänger dörren.

– Herregud Robin, jag var helt säker på att han skulle döda mig också! Ni kom verkligen i rätt tid, han hade tänkt att sticka i väg med mig till nåt jäkla gömställe. Han är sjuk i huvudet! Tack snälla, världens bästa brorsa för att du räddade mitt liv, tack Lalla! Vilka jävla hjältar ni är! Mia skakar och gråter om vartannat så att sminket rinner. Robin säger inget utan bara håller varsamt och ömt om sin syster. Han har knappt själv fattat vad som nyss hänt, men helt plötsligt har han räddat sin syster från att bli antingen mördad eller bortförd av en psykopat. Lalla står stilla i rummet och bara stirrar rakt fram. Chocken börjar sakta smyga sig på honom nu när allt har avstannat. Han luktar tändvätska, han luktar rök och förmodligen luktar han piss också. Dessutom är han genomblöt, och blodig. Det svider fruktansvärt på de brännskadade låren och i såren runt handlederna. Det är jobbigt att andas också. Men han lever. Och Mia lever. De kommer leva i morgon också, fast något säkrare, därför att Västerviksspsykopaten är infångad.

Bara tiotalet meter ifrån honom sitter den sjuka person som har dödat två oskyldiga tonårsgrabbar och två oskyldiga stackars pensionärer. Den här dagen kommer han aldrig att glömma, även om han gärna skulle vilja. Han underläpp börjar darra och först nu känner han hur frusen han är. Genom det lilla fönstret i pentryt ser Robin hur Ulf "Västerviksspsykopaten" Strandmyr sitter fastbunden i en flaggstång i ösregnet och skriker och sparkar, men det hjälper inte. Han kommer ingenstans. De sätter sig alla tre i soffan inne i storstugan. Elden har nästan brunnit upp. Lalla tänder taklampan och tar bort skivspelararmen från grammofonspelaren som står och hackar på samma ställe. Robin går och hämtar två filtar från sovrummet och sveper in en runt Mia och en runt Lalla. Sedan sätter de sig alla tre och väntar på att polisen ska komma.

Kapitel 25

Höstterminen har börjat. Det är torsdagen den sjätte oktober. Mia cyklar själv hem från skolan, men hon är inte rädd längre. Hon är bara trött efter dagens lektioner och tycker det ska bli skönt att få komma hem och slänga sig på sängen och blunda en stund. Hon är inte riktigt samma Mia som för ett halvår sedan. Den traumatiska händelsen ute på Måsskär med Ulf har satt sina spår på henne. Den första tiden efteråt var otroligt jobbig. Inte bara för Mia själv utan för hela familjen. Även för Lalla som fick plåstras om på sjukhuset samma kväll som han var med och räddade Mia på Måsskär. Han fick stanna kvar ett par dagar för observation, då hans lungor var i dåligt skick. Mot sin vilja hade hon blivit "tjejen som var mördarens flickvän" och det hade tisslats och tasslats en hel del om henne både på stan när folk såg henne och även i skolan när höstterminen hade börjat, men till slut lugnade det ner sig även på den fronten. Journalisterna hade varit som galna och de hade både ringt till hennes, Robins och föräldrarnas mobiler och även ringt på dörren tidiga morgnar och sena kvällar. Hon hatade det. Hur många gånger skulle hon behöva dra hela historien egentligen? Expressen var den tidning som hade betalat familjen mest för en lång intervju. Den hade varit väldigt påfrestande att genomföra, men på något sätt hade det ändå varit skönt att få ur sig saker, för journalisten hade vinklat frågorna på ett något mer annorlunda sätt än de andra. Han hade varit lugn och förstående och det gjorde att hela intervjun flöt på fint. Ända sedan händelsen på Måsskär har hon fått träffa en psykolog en gång i veckan. Dessutom har hon fått förnyat recept på sömntabletter och även lugnande tabletter att ta till under dagtid när hon känner att hon behöver. Hos psykologen har hon fått bearbetat händelsen och gått igenom den bit för bit. Vid några tillfällen i början var även Robin och Lalla med, vilket hon var väldigt glad för. Hon träffar helst bara de allra närmaste kompisarna nu för tiden och hon har blivit en aning inåtvänd. Inte alls lika pratglad som förr. Den spralliga Mia är borta och försvann samma dag som Ulf avslöjades och kvar är en allvarsam och något osäker tjej som helst ägnar sin fritid åt att sitta hemma med föräldrarna framför tv:n. Där känner hon sig trygg. Även Conny och Ritva hade det tufft en tid efter händelsen, särskilt Ritva. Hon kände sig äcklad över att ha haft denne sjuke man i sitt hem. I början var hon väldigt överbeskyddande trots att hon visste att mördaren satt i fängelse, men allt eftersom veckorna gick blev det sakta men säkert bättre. Under sommaren bestämde de sig för att de skulle åka utomlands under höstlovet, bara familjen och bara komma bort från alltihop, så de skulle kunna få tänka på annat ett tag. Att sticka utomlands redan under sommaren var uteslutet, för ingen av dem vare sig ville eller orkade åka någonstans så pass tätt inpå.

Robin var den som bäst klarade av händelserna på Måsskär. Men han var också den som klarade sig lindrigast undan Ulf. Många gånger under sommaren hade han och Lalla suttit nere i båten i hamnen och diskuterat händelsen.

Det hade visat sig att Lalla hade tagit mer stryk psykiskt än vad han först hade gett sken av och inte särskilt konstigt var väl det, med tanke på vad som hände i träkojan i skogen. Hans behov av att prata om timmarna i kojan var stort. Till en början kände han ett fruktansvärt hat mot Ulf, som efter flera veckor sakta övergick till att han faktiskt kunde tycka lite synd om honom i stället. Lalla hade till slut insett att Ulf måste ha traumatiserats rejält som barn, när historien om Västervikspsykopaten Ulf Strandmyr släpptes i alla kvällstidningar. Där gick det att läsa om vad han var med om som liten på dagis bland annat. Mia däremot hade ingen som helst förståelse för Ulf och hon tyckte att han gott kunde stanna kvar på sluten psykiatrisk vård för all framtid om hon fick bestämma.

Ulf Strandmyr hamnade strax efter gripandet på Hinsebergs anstalt utanför Örebro på sluten psykiatrisk vård, men ganska snart insåg man att han behövde placeras på ett ställe med högre säkerhet då de saknade resurser och tillräcklig medicinsk kunskap för att behandla honom. Bara två dagar efter att han anlände till Hinseberg blev han förflyttad till Kumla. På Kumla dröjde det inte länge innan Ulf blev misshandlad av sina medfångar och blev snart isolerad från de andra. Efter det blev han lugnare när han slapp träffa andra och till slut lyckades han få igenom önskemål om att få in två paket våtservetter så han kunde rengöra sin cell noggrant. Dessutom märkte personalen ganska snart att klassisk musik gjorde honom lugnare och mer harmonisk. Stina hade varit ett enormt stöd för Mia under sommaren och hösten. Utan henne hade antagligen Mia inte kommit så långt i tillfrisknandet som hon trots att hade gjort. Otaliga kvällar hade de suttit hemma hos Stina i hennes rum och gått igenom händelsen.

Ibland hade Mia bara velat gråta ut i Stinas famn och då hade hon fått göra det. Ibland hade hon anklagat sig själv för att inte ha förstått hur det låg till med Ulf och att det var hennes fel att stackars Lalla fick genomgå den fruktansvärda behandlingen i kojan. De tankarna var en av de saker hon pratade om med sin psykolog och sakta men säkert började hon äntligen komma tillfreds med sig själv.

Till sin stora glädje hade teatergruppen dragits i gång igen men nu för tiden övade de i ett klassrum istället, för ingen var särskilt sugen på att vistas i närheten av där Frans Karlsson hade blivit brutalt mördad.

Ikväll skulle de öva där för tredje gången den här terminen. Visst hade det varit stelt i början, men den senaste gången hade gått ganska bra. De hade valt en helt ny pjäs att öva på. Att fortsätta på den pjäsen som Frans var med i hade varit alldeles för jobbig och de var alla överens om att göra på det viset. Dessutom har det tillkommit en person i gruppen medan två har hoppat av. Robin hade lovat att cykla med henne dit och stå utanför och möta upp henne när de var klara.

En snällare och mer omtänksam bror än Robin får man leta efter, tänker hon när hon cyklar hem från skolan denna torsdag eftermiddag. Hon har inga problem att cykla själv hem längre, men hon håller sig gärna till lite större vägar där hon kan se folk och bilar. När hon kommer hem är Lisa redan hemma. Hon sitter i vardagsrummet och kollar på någon dubbad dålig serie på tv.

– Hallå!

– Hej Mia!

– Har det gått bra i skolan idag?

Mia tittar in i vardagsrummet och kollar på sin syster, som inte kan slita sig från tv:n.

– Har du ätit något? frågar Mia och tar av sig skorna.

– Jag tog en glass ur frysen, hörs det inifrån vardagsrummet. Mia muttrar för sig själv.

– Det är väl ingen mat heller. Vi tar en varsin banan. Här har du, säger hon bestämt.

– Jaja, suckar Lisa som motvilligt börjar skala den. Mia smeker sin syster på huvudet och sätter sig bredvid henne vid köksbordet.

– Mamma fixar mat sedan när hon kommer hem. Jag ska i väg till skolan igen snart, vi har teaterträning ikväll. Lisa tittar oroligt på Mia.

– Ska ni vara i den där lokalen där Frans blev mördad?

– Nej det ska vi inte. Vi ska vara i gymnasiet fast i en annan lokal, säger hon lugnande. Du behöver inte vara orolig längre, mördaren sitter i fängelse nu och kan förmodligen aldrig mer komma ut, säger Mia lugnande.

– Så han kanske kommer ut från fängelset så småningom? Lisa ser ängslig ut.

– Chansen finns väl kanske, men då är du kanske sjuttio år och Ulf är över åttio. Men jag tror faktiskt inte att de vågar släppa lös en sådan galning som Ulf igen.

– Hoppas inte det…

– Vet du vad? Du behöver inte tänka på honom något mer, han kan aldrig göra oss illa igen. Okej?

Lisa nickar tvekande till svar, sedan ger hon Mia en lång kram. Mia tittar på klockan. Hon behöver åka om en halvtimme och hon vill gärna slänga sig på sängen och blunda en liten stund innan. Just när hon lagt sig på sängen piper mobilen till. Det är Robin. Han skriver att han följde med Stina hem och att de båda två kommer och möter Mia efter teaterträningen. Hon ler lite åt tanken över att de två fortfarande är tillsammans och hon kan inte låta bli att vara en gnutta avundsjuk. Men något förhållande nu är det sista Mia vill ha och det lär dröja länge innan hon vågar lita på en kille igen. Hon sluter ögonen igen och känner hur hon sakta glider in i gränslandet mellan sömn och vakenhet. Andetagen blir djupare för varje minut som går och pulsen sjunker, men vaknar hastigt till igen när hon känner att hon är på väg att dregla. Återigen ser hon på sin klocka, som visar 16.40. Det är strax dags att cykla tillbaka till skolan.

– Lisa, mamma och pappa kommer alldeles strax. Robin är hos Stina, så du blir själv bara en liten stund, okej? säger hon medan hon sträcker på sig.

– Okej, svarar Lisa som är djupt försjunken i sin mobil. Det är kalla höstvindar ute som möter henne när hon cyklar mot skolan. Överallt ligger det stora lövhögar som här och där skapar små virvlar på marken av de starka vindarna. Hon kan inte låta bli att tänka på Frans. Vid ett par tillfällen har hon varit och besökt hans grav, men hon tycker det är jobbigt och fortfarande overkligt att han ligger där nere, ett par meter under jorden. Alldeles kall och… Hon försöker slå bort tankarna på hur han ser ut vid det här laget och försöker istället minnas hur han var när han levde. Hon kunde inte påminna sig om att han någonsin hade varit arg, inte ens irriterad. Om något inte gick bra på repetitionerna så brukade han bara ta ett djupt andetag och prata lugnt med sina kompisar. Mia vet inte om det är vinden som gör att hennes ögon tåras eller om det är tanken på Frans. Kanske är det båda. Framme vid gymnasiet låser hon sin cykel och hon parkerar den på den plats hon brukar ställa den. På håll ser hon hur det är upplyst där inne i lektionssalen de ska öva i och hon känner inte den minsta oro för att gå in. Dessutom ser hon hur en i teatergruppen rör sig där inne. Tjugofem minuter senare är alla i full gång att öva. Allt flyter på riktigt bra. Mia spelar rollen som ensamstående bitter kvinna i 50-årsåldern. Känslan att få sväva i väg och föreställa någon helt annan person är väldigt befriande och roligt tycker hon.

Hon har just spelat upp några repliker och det är dags för några andra att ta över. Hon känner att hon är kissnödig och passar därför på att gå ut på toaletten som ligger lite längre ner i korridoren utanför salen. Det ekar lätt i korridoren när hennes klackar slår emot stengolvet. Lyset in till damernas tänds automatiskt när hon tar ett steg innanför dörren och en av de tre lamporna verkar vara trasig. Hon väljer den mittersta av de tre toaletterna, precis som hon brukar göra. Medan hon sitter där tar hon fram mobilen och surfar in på Aftonbladet, men sidan laddar långsamt på grund av den dåliga täckningen inne på toaletten och hon svär tyst för sig själv. En tanke slår henne medan hon sitter där.

Det är så tyst här nu på kvällstid. Alltid annars är det liv och rörelse runtomkring och nästan jämt är det minst ett par tre tjejer inne på tjejtoaletten samtidigt, men inte nu. Nu är det helt stilla, inte ens ljudet från de andra i klassrummet hörs.

Just då ringer det i mobiltelefonen. Det är Robin, men hon väljer att trycka bort samtalet och tänker att hon ringer upp strax för hon vill gärna kissa färdigt först i lugn och ro. Det hinner gå bara några sekunder när det ringer igen. Robin igen. Ännu en gång trycker hon bort samtalet och hon fortsätter surfa på mobilen och blir irriterad när Aftonbladets sida laddas så långsamt. Hon blir nyfiken när hon ser att det verkar vara något som har hänt, för hon kan se att det är stora svarta bokstäver på förstasidan. Mia rycker till när hon till slut ser hur rubriken lyder och hon får rysningar över hela kroppen. "Västervikspsykopaten har rymt från Kumla", står det. Hon flämtar högt och börjar darra. I samma sekund hör hon hur dörren in till tjejernas toalett öppnas. Hon hör hur den sedan stängs och hur någon vrider om låset på dörren. Mia blir alldeles som förstenad.

– Isabell, är det du? ropar hon med darrande röst och hon ber en stilla bön att åtminstone en kvinnlig röst ska svara henne. Men hon får inget svar. Det piper till i mobilen. Det är ett sms från Robin men Mia läser det inte. Om hon hade läst det så hade hon sett följande meddelande: **"Mia, Ulf rymde från Kumla igår! Du kan vara i stor fara! Vad du än gör så gå ingenstans, vi har larmat polisen, de är på väg till skolan för att hämta dig!"** Mia flämtar högt och tar sig för munnen och hon ropar ännu en gång.

– Hallå, vem är det? Sluta larva dig! Vem är det?! Mias röst spricker av rädsla och hon ber till Gud att detta bara är ett dåligt skämt från någon i gruppen. Hon får fortfarande inget svar, men hon hör hur tunga fotsteg närmar sig båset där hon sitter. Hon torkar sig snabbt och drar upp byxorna. Stegen stannar alldeles utanför hennes bås och det blir åter helt knäpptyst. Pulsen dunkar i tinningarna på Mia och hon vet inte vad hon ska ta sig till. Det börjar pärlas av svett i hennes panna och hon hör hon flämtar högt. Plötsligt hörs ett välbekant ljud. Det är ljudet av fingerleder som knakar och ingen ur teatergruppen hör Mias sista hjärtskärande skrik i livet.